U0551731
仙道方程式
任怨◎著。
42

CONTENTS

目錄

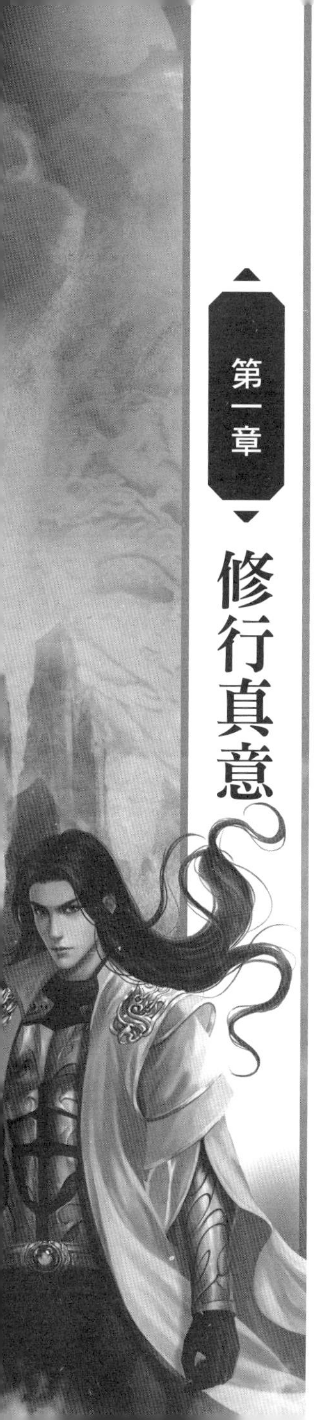

第一章 修行真意

「這幾張美人圖，給我挪出來，我要帶回宗門。」商量完了正事，夜師祖忽地吩咐一聲。

美人圖很珍貴，所有得到美人圖的美女全都會珍藏，這倒是不足為奇，只是，夜師祖說的要帶回宗門是什麼意思？

「不識貨！」面對沈鳳書和浩渺仙子的疑問，夜師祖直接給了沈鳳書一個鄙視的眼神。

「這三張圖，只要稍稍的註解一下，就是天魔黜舞的修行真意。」在冰仙子和雪魔女同樣好奇的目光注視下，夜師祖指著美人圖毫不保留地說道，「一圖一境界，能省下我多少指點的時間。」

這樣也行？沈鳳書直接瞪大了雙眼。

三張美人圖的確是夜師祖跳天魔黜舞的時候畫的，只不過當時自己也在畫技提升的階段，並沒有覺得這是多麼完美的作品，此刻聽夜師祖一解釋，才明白自己到底畫出了什麼驚世駭俗的作品。

美人圖要舞姿有舞姿，還是最奪人心魄的瞬間；要意境有意境，從警幻仙姑賦到神女賦，層層遞進，自己當時的感覺也是一晝一重天；要美女有美女，夜師祖已經美豔的不可方物，日常生活中絕對找不出來夜師祖那樣的表情動作。

說句不客氣的，除了當時那個情形，除了面對的是沈鳳書，當世還有哪個修士能讓夜師祖心甘情願的傾情一舞？

指點弟子的時候親自跳一曲？沈鳳書此刻都不會樂意。夜道侶是自己的，哪怕是弟子也不能欣賞她最完美的時刻。就是這麼霸道。

所以沈鳳書立刻答應一聲，手腳俐落的飛快將前後三張畫夜師祖的美人圖挪到了夜師祖給的三張不知道什麼皮上，還不忘記反過來叮囑夜師祖：「指點弟子也不用親自跳給她們看，讓她們看看圖就行了。那個註解要不要妳口述我幫妳寫上去？」

浩渺仙子和夜師祖是什麼人？幾乎是沈鳳書一開口就知道沈鳳書心裡打的小算盤。兩個大前輩當場失笑，浩渺仙子更是以一種奇怪的目光看著夜師祖，就差明著嘲諷了。

夜師祖則是苦笑搖頭，道侶而已，這小傢伙還真把自己當禁臠了？不過，她已經許久沒有感受過這樣奇特的感覺了，有一個人這樣，感覺還是挺愜意的，且由著小傢伙胡鬧吧！

兩個姐姐眼看著夜師祖鄭重其事的將美人圖卷好收了起來，忍不住又把目光全都看向了沈鳳書，腦海中一片翻騰。

自家小弟已經不知不覺成長到了這個地步了嗎？

無論是冰仙子還是雪魔女，因為互換身分的緣故，都接觸過天玄宗的核心功法。能讓夜師祖鄭重其事收起來的，不到出竅期甚至煉虛級恐怕都沒資格翻閱。

要是未來有一日那些虔誠的翻閱天魔豔舞真意的時候，恐怕她們打死都不會想到，她們看到的修行真意是一個金丹期的小輩畫出來的。

想到那個情景，兩女就想笑，發現真相的那些天玄宗弟子的表情一定會十分精彩。

終於到了分別的時刻。兩個姐姐各自跟著自家師尊或者師祖返回自己的宗門，就只剩下沈鳳書孤零零一個人。

除了不久之前在魔洲，沈鳳書已經很久沒有一個人孤孤單單的辦事，幾十年來，身邊幾乎一天都少不了小狐狸精們周到的伺候，現在一個人相當的不習慣。由儉入奢易，由奢入儉難，古人誠不我欺啊！

周圍沒別人了，沈鳳書也終於可以自己一個人靜靜的捋一下魔洲的經歷，順便和幾個朋友一起總結一下魔洲的收穫了。

一個閃身，沈鳳書就進了稱心天地中，和姜老頭山老頭以及龍見心會合。

「第二根羽毛處理好了嗎？」見面沈鳳書就衝著姜老頭問道。

老魚的第二根絨毛給的太突然，一點都沒準備，好在稱心天地厲害，不至於行跡洩漏。

「已經處置好了。」姜老頭輕描淡寫的擺了擺手。

有過第一根羽毛的處理經驗，第二根絨毛處理起來很容易，無非就是重複一下而已，沒難度。

「山老頭，你煉化先天靈土留下的邊角料給我一小塊。」沈鳳書轉向山老頭，提了一個小小的要求，「按照這個樣子整出來。」

一邊說著，一邊交給沈鳳書一塊黑黢黢的石頭。

這塊黑石頭是沈鳳書按照伏羲的紀錄，隨便找了個顏色一致的普通石頭雕琢而成的，原型是沈鳳書從無常谷隨手摸出來的那顆黑石頭。

那塊黑石頭在空間入口薰陶了不知道多少年，早已經被稱心天地吸收用來穩固空間。按道理沈鳳書離開之後，就不應該有人再追究，但知人知面不知心，誰知道無常谷會不會有些想不開的傢伙呢？

既然要去無常谷，沈鳳書肯定不會毫無準備。如果有人問起，那就用一塊先天靈土的邊角料來搪塞一下，大概也能應付過去。

照貓畫虎的弄一塊石頭，對山老頭來說完全沒難度，輕輕鬆鬆的就給沈鳳書弄出來一塊。

此行山老頭的收穫也是極大，上千萬的凡人被他收取到了腹中空間，後來又看了沈鳳書天地不仁的聖言，此刻他就是一個弱化版的大鵬，只煉化了先天靈土外加領悟聖言就能讓他更上一層樓。

龍見心基本上沒怎麼動手，但卻免費看了一場大戲，對於優勝劣汰弱肉強食越來越多了一重感悟，尤其那句「物競天擇適者生存」，差點就讓他直接提升一個境界。

總之，大家都有感悟都有體會，此行不虛。

「分贓分贓！」沈鳳書對他們三個一點都沒見外，大聲的叫囂著。

此行其實得到的實物東西不多，兩根羽毛，一個聖人肉身和全身法寶，一具完整的玄武屍體，另外能看的也就是一批睚眥骨劍，這些都給了姐姐，沈鳳書這邊還得了一套二十八宿大陣所需的材料，再有就是一些修行的祕籍和低級修士身上搜刮的東西，那些誰都看不上眼。

血魔蒐集的精血沈鳳書已經全吸收消耗了，一點沒留下。

「兩根大鵬的羽毛，一根飛羽，一根絨毛，怎麼分？」沈鳳書問道。

彼此性命相托的交情，東西收進來那就是大家的東西，沈鳳書一個人是沒辦法完整收取的，大家都有出力，不能一毛不拔，更不能厚此薄彼。

「第一根飛羽你拿著，就放在稱心天地裡。」姜老頭可一點都沒客氣，「後面這根絨毛相對比較小，我們三個分了。」

眾人都點頭，沒覺得這麼分不妥。即便分成三份，三分之一絨毛變成的靈脈也都是超級靈脈，比山老頭體內的任何一條靈脈都要強悍。

龍見心是龍族，得天獨厚，靈脈需求其實並不強烈，但還是多提一句：「把根部的羽軸給我，我學著魔洲那些魔修煉製點東西，其他的都歸你們。沈鳳書你的法寶要是需要，我的龍鱗你拿一批。」

烏魔修都說了，七寶玲瓏飛劍加上四聖獸身體材料才能更厲害，龍見心現在就是青龍，這方面，龍見心可一點都不小氣。

「你的那個肉身已經幫你安頓好了，人皇紫氣日日夜夜薰陶著。」山老頭也不白拿沈鳳書的東西，給沈鳳書的神識種子和烏魔修的肉身安置的妥妥帖帖：「現在人口多了，人皇紫氣越來越多。」

從這方面來說，山老頭越強，沈鳳書的神識種子就越安全。給山老頭一條超級靈脈，不虧。

姜老頭這邊什麼表示都沒有，但沈鳳書知道，姜老頭其實已經將自己和沈鳳書徹底綁定，大家一榮俱榮一損俱損，不用分的那麼清楚。

沈鳳書需要，姜老頭就可以出手，毫無問題。

用不了幾年，稱心天地，培育場，以及山老頭體內就會多出來幾條超級靈脈，足夠眾人這輩子修行都不缺的那種。

姜老頭加上他那個培育裡的所有寶貝，就算是這輩子再也不出山，也不用擔心靈氣不足讓他感覺不舒服了。

「玄武屍體呢？你們有什麼想法？」緊接著沈鳳書問道。

「這個你留著吧！」姜老頭這回直接就拒絕了，不但是他，山老頭和龍見心都是同樣的意思。

兩根羽毛是真的不好處理，沈鳳書˙個人根本無法處置，只能眾人幫忙，不然很快就會靈氣消散。

但玄武屍體不一樣，可以輕鬆存放，那是沈鳳書一個人的戰利品，沈鳳書根本沒必要拿出來和眾人分，眾人也根本就沒打算占他這個便宜。

其他的好像真沒什麼值得大家再分了，姜老頭直接將沈鳳書踢了出去：「趕緊把小蛇和那些小狐狸精找回來，沒她們伺候著，喝酒都沒意思了。」

又一個被奢侈生活腐蝕的，沈鳳書也沒多說什麼，出去之後馬上啟程，直奔無常谷。

數數手上要做的事情，一個是去無常谷和小狐狸精們會合，一個是解決無常祕境，之前就想好回來就進行《鯨吞譜》的再次最佳化，七寶玲瓏塔也需要更多的祭煉，忘憂齋大概也有必要再去一次。

一琢磨，好多事情，沈鳳書索性也不再掰著手指頭數，車到山前必有路，不管什麼事，到時候再說。

先去無常谷和小白小青小狐狸精們會合最重要。

去無常谷的路沈鳳書很熟，一個人不顯山不露水的就到了附近。

當一個修行者不想露出真容的時候，大部分時候，人們都不會察覺，尤其是沈鳳書這種沒事不飛行趕路經常沿著凡人城市遊玩過來的，更是沒幾個修士會注意到。

哪個修士沒事幹會關注一個在凡人城市裡溜達的小修士呢？除非原本就是在這個城市裡紅塵歷練碰上了。

沒到無常谷的時候，沈鳳書就和小白小青以及小狐狸精們會合了。

兩年沒見，眾女見到沈鳳書，都是難以壓抑的喜極而泣，開心地快要叫出來。沈鳳書也同樣開心，魔洲的這些日子裡，還真是無比的懷念她們。

懷念她們周到無比的關懷，懷念她們在身邊時的那種充實，以及懷念她們在的時候那種不孤單。

幾十年下來，小妖精們已經都如同家人一般了。小別勝新婚，不管別人怎麼看，自家人先把思念之情好好的抒發釋放一番再說。

無論是小白小青，還是小美，都恨不能把自己揉進自家老爺的身體裡才肯罷休。要不是沈鳳書此行修為大漲，說不定都承受不住這幾個小妖精的壓榨，那是真的妖啊！

在那個團聚的小城裡足足待了半個月，沈鳳書一行才再次啟程。有熟悉的小妖精在身邊就是愜意。

不光是沈鳳書覺得舒坦，連姜老頭山老頭和龍見心都是同樣的感覺，打牌的時候有人旁觀有人伺候還有人指點討論著，都多了一重樂趣。

幾年的時間裡，小白小青和小狐狸精們修為漲的極快。

重新修行之後，有著足夠強力的資源，修行速度一日千里，個個回都到了金丹巔峰，只差一步就能化嬰了。

久未使用的大車又祭了出來，不過這次拉車的已經不是龍見心，而是龍見心的一片鱗片，那也是他的一個小分身，真身自然是在稱心天地裡和姜老頭山老頭一起打牌。

標誌性的車子一出現，沒幾天就被無常谷的人注意到了。就在無常谷不遠，無常谷這邊反應極快，馬上派人會面相邀。

出面邀請沈鳳書的是無常谷的一位長老，親自趕到鄭重邀請沈鳳書無常谷一行，以便讓無常谷盡地主之誼，並再次表達感謝。

本就是衝著無常谷來的，沈鳳書也沒矯情，這邊一邀請，沈鳳書馬上從善如流，答應前往無常谷。

不過，沈鳳書還是和無常谷這邊表示了一下，自己此行正在紅塵歷練，希望不要太多人知道行蹤。無常谷這邊正中下懷，馬上應允。

雙方合作的前提之下，沈鳳書一行十分低調的進了無常谷，被安頓在了無常谷一個待客的貴賓院落中。

無常谷的谷主第二天舉辦了隆重的答謝宴宴請了沈鳳書一行，期間谷主以及長老們高層盡出，給足了沈鳳書面子。

酒過三巡，菜過五味，無常谷主才笑著開了口：「沈探花，上次蒙你發現無常祕境，當時人多事雜，竟沒有用心答謝，這是我無常谷的錯，今日終於有機會補上，順便有一些無常谷的土特產，聊表謝意。」

這邊無常谷主說著，那邊已經有十位女弟子各自捧著一個不小的箱子列隊呈了上來。

沈鳳書客氣的推脫一番，盛情難卻之下，只能勉為其難的收下，點頭讓小美等人接過那些箱子收好。

一時之間，賓主盡歡。

不管無常谷眾人打的什麼小九九，至少人家表面上還是十分敞亮的。

又是幾杯酒之後，無常谷這邊的一個長老終於面露不好意思神色開了口。

「有一個不情之請，還請沈探花見諒。」長老說話非常的客氣，這個時候開口，也不顯得突兀。

「長老客氣了！」沈鳳書伸手做了個請的動作，示意對方開口。花花轎子人抬人，對方這麼客氣，沈鳳書當然也給他們這個面子。

「不知上次沈探花從無常祕境裡拿到的那塊石頭，還在不在身邊？」長老也是連連告罪之後，這才滿懷希翼的開口問道。

「無常祕境拿到的石頭？」沈鳳書演技超神，一臉的疑惑，想了好一會才想起來，「就是我當時最開始伸手拿到的那塊黑石頭吧？」

「對！就是那塊！」長老急忙點頭。

「很有意思的一塊石頭，賞給我小妾了。」沈鳳書這才恍然大悟，轉頭衝著小美笑道，「小美？」

就知道無常谷肯定會出花招，幸虧提前讓山老頭準備了一小塊先天靈土，看起來和當年那塊石頭一模一樣。

這也歸功於伏羲強悍的掃描和記憶能力，3D掃描之下，無論從哪個方向，都仿造的盡善盡美，就算是當時看到過但沒上過手的修士，也分辨不出來區別。

致。

小美當然也是做戲，而且做的全套，小狐狸精精湛的演技此刻發揮的淋漓盡致。

「妾身還沒有煉化。」一邊說著，小美一邊戀戀不捨的將黑石頭拿了出來，苦著臉交到了沈鳳書的手中。

小狐狸精嬌滴滴的聲音，滿臉眷戀的表情，讓所有聽到的人都是一臉的不忍。不過，這也側面說明，那塊黑石頭真的是好東西，不然不會讓一個金丹大妖這般的捨不得。

「這塊嗎？」沈鳳書將黑石頭舉起，衝著發問的長老問道。

黑石頭一拿出來，就吸引了所有無常谷高層的主意，大家的目光牢牢地盯著黑石頭，彷彿上面雕了花一般。

「對！就是它！」開口的長老直接從自己的坐席那邊離開，走到沈鳳書坐席旁仔細觀察了一番，連連點頭。

「這塊石頭，有何指教？」沈鳳書輕輕將黑石頭放到了桌上，笑著問道。

沈鳳書如此的給面子，長老大喜，伸手就要將黑石頭抓在手裡。

只是，沒等他摸到石頭，沈鳳書的摺扇已經先一步壓在了黑石頭上，輕輕地往後拉了拉，什麼話也沒有說。

長老一愣，立時意識到自己有些失態，還沒商量好呢，自己就要上手，顯得跟強搶一般，表現的有點過分了。

旁邊無常谷主見此情形，只能輕輕咳嗽一聲，吸引眾人注意之後，這才客氣地問道：「不知沈探花，這塊石頭可否割愛？」

「按說這石頭是從無常谷拿的，再還回來也無可厚非。」沈鳳書躊躇一下，「但此前已經送了出去，她也煉化了不少時日，這其中辛苦……」

一聽沈鳳書的口氣，無常谷主就暗暗鬆了一口氣。沈鳳書並沒有說死，只是強調了小妾辛苦煉化，這就好辦了，只要給出足夠的補償就好。

無常谷本身也沒打算不付出一點代價就把石頭拿回來，現在無非就是看什麼樣的代價而已，小事情。

「自不會讓如夫人白白辛苦。」無常谷主開口就是針對小美的回報，「十顆金丹巔峰的妖丹，一把出竅級的上好飛劍，三門術法，金丹元嬰出竅各一門，外加三顆破障丹，如何？」

無常谷主可不是只嘴上說說，這邊話音剛落，那邊就已經有人端著剛剛他說的東西送了上來，就擺在了小美面前。

沈鳳書笑呵呵的把選擇權交給了小美：「小美，妳看呢？」

小美真是個戲精，此刻看著那塊黑石頭，又看看無常谷的一堆東西，感覺又想要這個，又想要那個，左右為難的樣子，讓人看著忍俊不禁。

「不用為難，怎麼選都行。」沈鳳書微笑著給小美打氣，言下之意，只要小美不願意，他就不會答應交換。

無常谷眾人也是心中忐忑，不知道這個小狐狸精會怎麼選，實在不行，恐怕就只能再增加一些籌碼了。

小美左看右看，優柔寡斷表現了好久，已經快把無常谷眾人的耐心都快熬沒了，這才開口道：「老爺，那塊石頭煉化起來極難。」

懂了！這是願意放棄石頭換取其他東西了，無常谷眾人全都鬆了一口氣。

十顆金丹級的妖丹，足夠把小美和幾個侍女推到突破邊緣了。三顆破障丹每一顆都能大幅度提升化嬰的成功率，術法和飛劍更是投其所好，代價不可謂不大。不過，只要能換到就好，再多的付出也是值得的。

「那就換了！」沈鳳書一錘定音，答應了這次的叫喚。

「多謝沈探花！多謝如夫人！」無常谷主大喜，一連串的道謝。

在無常谷的盛情邀請之下，沈鳳書一行決定繼續待在無常谷的貴賓庭院中，繼續欣賞一下無常谷各處的美景。反正沈鳳書經常滿天下找美景畫畫，這已經不是什麼祕密，正好讓無常谷盡一盡地主之誼，更好的招待一下。

答謝宴之後，安頓好沈鳳書一行，無常谷高層第一時間就聚在了一起。

「那塊石頭有什麼說道嗎？」無常谷主回來第一句就問道。

「好東西。」已經研究了好一會的幾位長老紛紛點頭，「硬度極高，氣息極純，一般的飛劍都無法在上面留下痕跡。雖然不知道是什麼，但絕對是好東西，沈探花那位如夫人沒撒謊，極難煉化。」

「趕緊找識貨之人好好看看到底是什麼。」

無常谷主拿在手中也沒看出個名堂來，飛快吩咐道：「弄清楚之後，拿著這塊石頭，再進祕境看看，會不會有什麼作用。」

如果沈探花真的是天賦大氣運之人，那他隨手拿到的這塊石頭，總該是控制祕境的樞紐吧？

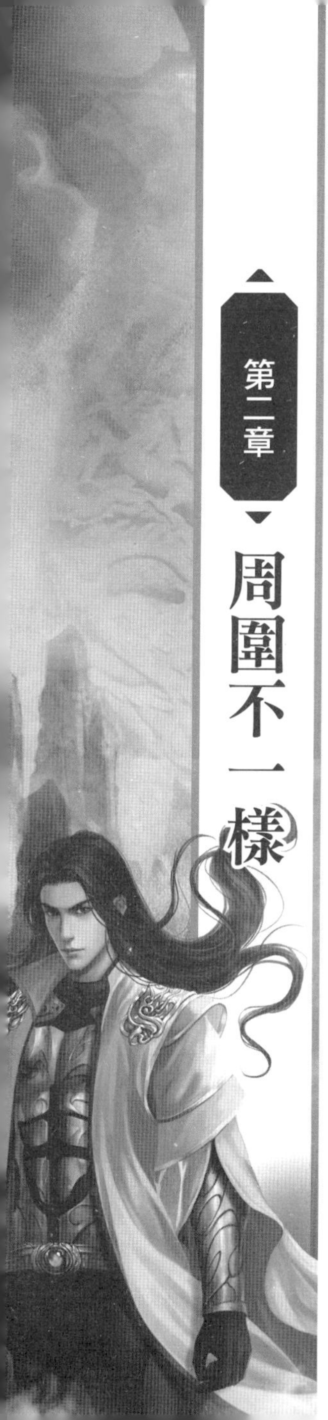

第二章

周圍不一樣

一連好多天，都有一位專門的外事長老陪著沈鳳書，四處遊覽無常谷境內的美景。長老親自出馬，那是真的把沈鳳書當成是貴賓招待。

沈鳳書也十分歡喜，每到一處風景秀美之地，總是會鋪開畫案提筆畫畫，每幅畫總是能引來濃郁的天地靈氣，讓隨行的長老享受之餘也是頻頻嘆息。

要不是沈探花資質限制，恐怕這一手畫技再加上驚天動地的棋藝，早已經是書院一系的佼佼者了吧，可惜啊！

耗費了二十多天的時間，請了上百位見多識廣的鑑定人，無常谷總算知道那塊黑石頭是什麼了。

「極其罕見的先天靈土！」

至少有兩位鑑定人斬釘截鐵的斷定：「中央是一顆米粒大小的戊土本源的內核，周圍這也是千百年形成的先天靈土，硬度極高。如果用來煉製成本命法寶，尋常土屬性修士越級斬殺一個大境界的高手都是尋常事。」

這麼一塊先天靈土，絕對可以算得上是絕世奇珍了。無常谷只用了那麼一點點的東西就換到了這塊先天靈土，絕對是占了大便宜了。

換而言之，沈鳳書虧大了。還有兩位長老甚至暗地裡偷偷嘲笑沈鳳書不識貨，好東西拿著都不知道珍惜，當真是不成器啊！

無常谷高層研究了很多天，每個人腦海深處的記憶都翻出來，確定這塊黑石頭就是當年的那塊石頭，外形一模一樣，顏色也對，再加上如此的珍貴，東西肯定是沒錯了。

祕境中不知歲月，孕育了一塊先天靈土，正常。

也就是說，當年如果那些俊彥們進去隨便拿件東西出來想要勝過沈鳳書，那也是絕對不可能的事情。大氣運就是大氣運，人家隨便撿塊石頭都不是普通人能相提並論的。

可惜的是，先天靈土東西雖然珍貴，但卻和他們想像的不一樣。滿以為這東西是控制祕境的樞紐，結果現在看來，還真不是。

有高層不死心，帶著東西進了祕境當中，試圖想要看看有什麼反應。結果，無論是石頭還是祕境，全都毫無動靜。

好在大家試驗都只是在祕境出入口附近，沒有太過於深入，所以基本上也沒什麼凶險。

可問題是，之前的打算落空了啊！

現在，無常谷恐怕就只能借助沈鳳書的大氣運，死馬當成活馬醫了。

再邀請沈鳳書一探祕境，肯定得把話挑明。那要付出的代價，恐怕就不止是之前換取先天靈土的那些了。

沒幾天前還在暗暗嘲諷沈鳳書不識貨不成器把好東西賤賣的幾位長老，全都沒有了原本的心思。現在大家得考慮，得要付出什麼樣的價碼，多少倍的代價，才能讓沈探花出手？

人家虧了嗎？恐怕這一下就得連本帶利的還回去不說，還得搭上更多。

這算不算沈探花的氣運？

「請我入無常祕境一行？」沈鳳書面對無常谷主親自當面的邀請，忍不住一皺眉，「不合適吧？要是再碰到一塊石頭一根木頭什麼的……」

後面的話不用多說，之前隨手摸出來的一塊黑石頭都能過了好多年又要回去，再進去隨便碰到點什麼，說不清了。

無常谷主也無奈，他也知道自家做事不道地，本想著用最小的代價來解決無常祕境的事情，現在看來，不大出血是不可能了。

好在無常谷高層全都知道，沈鳳書背後是有大人物的，也沒敢動用什麼其他的主意，小心思一次就夠了，再多就顯得貪心不足，人家幫忙都不會盡心盡力。

「這麼說，無常祕境還沒有完全掌控？」聽到無常谷主坦陳現狀，沈鳳書抓住了重點，「晚輩修為低，身邊人也都差不多，恐怕幫不上什麼忙吧？」

雖然魔洲之行之後沈鳳書一百多萬顆金丹，但對外表現出來的境界，依舊還是金丹巔峰。

眾女也同樣如此，並沒有一個突破的，這麼說倒也不像是推脫，而是事實。

「不是借助沈探花你的修為，是借助你的氣運。」無常谷主一陣苦笑，只能將己方的計畫全盤托出，「我們到現在為止，還沒找到控制祕境的樞紐，已經死了數百位弟子，實在是耗不起了。」

強迫？給無常谷十個膽子也不敢，上次葬送那數十個宗門的俊彥們還是他們一手操辦的，那些俊彥哪個沒有大背景，還不是被各自宗門自家長輩親手送走？

無常谷何德何能，敢拿全宗老小的腦袋開玩笑？

「借氣運？這倒是新鮮。」沈鳳書也是一陣好奇，「怎麼個借法？」

還能怎麼借？無非就是沈鳳書這個大氣運的人進去溜達一圈，說不定就能發現控制樞紐。

「請沈探花你辛苦，我無常谷願意奉上無常祕境的一半收益。」

之前還回來那塊黑石頭，無常谷主就知道不出血不付出大代價絕不可能請動沈鳳書，這次咬牙拿出了最大的誠意。

整個無常祕境收益的一半，這可是不止眼前的收穫，未來每年的經營收益都會拿出來一半，不可謂不下血本，誠意十足。

這個代價是無常谷主舌戰群儒，說服了其他高層之後爭取的。理由除了之前那次俊彥們比試之外，還有一個最重要的理由，那爛陀寺和《心經》。

鐵一般的事實說明，怠慢沈鳳書的人只會淪為全天下的笑柄。無常谷之前已經小家子氣了一把，再要是錙銖必究的話，恐怕無常祕境就再不會有機會了。

最近無常谷已經在盡力遮掩無常祕境沒能控制的事實，如果洩漏出去，恐怕無常谷用不了太久就會被更強悍的宗門吞併，不急不行啊！

肉疼歸肉疼，可無常谷拿出一半收益，總好過宗門被滅什麼都沒有強吧？

「看在上次無常谷幫忙的分上。」

沈鳳書本來打算就坡下驢把事情定下來，可忽地收到了稱心天地中姜老頭的提醒，很自然的改了口：「無常祕境一半的收益，受之有愧。」

受之有愧？不要？無常谷主瞪大了雙眼。這是打算要更多嗎？

「那塊先天靈土我的妾室很喜歡，煉製了一半，如果能歸還，不勝感激。另外，我其他兩位妾室最近學著懸壺濟世，缺少上好的藥材。」

沈鳳書不動聲色的提要求道：「裡面如果有上年分的植物，嗯……那些超過千年但還沒開靈智的，全都歸我，其他的歸無常谷，如何？」

不要一半的收益只要一些植物？無常谷主有點被餡餅砸中的感覺，腦袋暈暈乎乎的，完全不知道該如何形容此刻的心情。

小沈探花，講究人啊！

要知道，無常谷之前那些隨機房間的獎勵，其實都是出自無常祕境當中。

獎勵涵蓋了幾乎所有修行方面的資源，功法術法，丹藥法寶，各種天材地寶等等無所不包。沈鳳書只是一隻手臂伸進去半拉，就摸了一塊先天靈土出來，可見裡面好東西是真不缺。

一半的收益，價值絕對是無法估量的。而沈探花只要其中一部分上年分的植物，絕對是厚道到了極點，讓人恨不能感激涕零的那種。

要知道，沈探花顯然是沒有進入過無常祕境的，不會知道裡面哪些東西是好的哪些東西是差的。

別說沒進去過的沈探花，就連無常谷眾人，現在也是一筆糊塗帳。沈探花隨口一提只要植物，可見是對賭其中的一些收益，完全是開盲盒，而且給無常谷保留了大部分的好處。

「敢不從命？」無常谷主想都沒想的就直接給了最穩健的保證，「我以心魔起誓，無常祕境所有上年分未開靈智的植物，全都是沈探花所有。」

不光無常谷主自己發了心魔大誓，接下來他會讓所有無常谷高層都發下心魔大誓。從今天起，沈探花就是無常谷最好的朋友。

之前換走的那塊先天靈土以最快的速度送了回來，前面交換的那些東西也全都奉送，無常谷高層集體發下心魔大誓，前所未有的高效。

偽裝黑石頭的先天靈土繞了個圈子又回到了沈鳳書手中，裡面可是有一小粒戊土本源的，還是完全交給山老頭合適。以後這塊石頭再不會出現，也不會有人從中意識到沈鳳書別有所圖。

所謂毀屍滅跡，不外如是。

沈鳳書也不囉唆，直接帶著自己的班底就進了無常祕境，隨行的還有無常谷的一批好手，他們會隨時應付一些突發狀況，盡力保護沈鳳書一行這群小金丹。

就在沈鳳書一行進入無常祕境沒多久，小沈探花可能在無常谷出沒這個模稜兩可的消息也被當成一個偶然的情報由聽風閣傳了出去。

其實沈鳳書在無常谷一露面就有人注意到了，但也只是驚鴻一瞥，而且沈探花的行蹤這其實並不是什麼重要的情報，所以傳播的並不是很快，等到某些人從旁人口中聽到的時候，已經是一個半月之後了。

有心人頓時大驚，馬上派人去無常谷求證。

可無常谷這個時候正在關鍵時刻，哪裡敢隨意洩漏沈鳳書在的消息？高層全都在祕境中「閉關」，中低層根本不知道沈探花到底有沒有來過，求證的人根本無法確定沈探花是不是真的出現過。

消息傳回有心人這邊，亦真亦假的判斷讓他們實在無法確定。現在就只能看某個陣法中那傢伙被消磨了記憶之後，棋藝是不是能遠超之前的仙機寶錄了。

「姜老頭，裡面到底有什麼好東西？」進入無常祕境，沈鳳書的神識才同姜老頭接觸了一下詢問了這個問題。

他剛要接受一半收穫，忽然姜老頭給他傳話，讓他只要其中的年分植物。雖然不知道為什麼，但沈鳳書想也沒想的就同意了姜老頭的建議，直到現在才詢問原因。

「不知道！」姜老頭很乾脆的給了沈鳳書一個回答，「只感受到了一點特殊的氣息，稍縱即逝，立刻就消失了，很有意思。」

姜老頭的回答讓沈鳳書眼前一黑，只有一點特殊氣息，還是很有意思，就讓自己放棄了一半的收益？但轉眼這一點點小沮喪就被拋到了腦後。

沈鳳書本心裡，這一趟只是配合浩渺仙子和夜師祖，找出背後算計自己的人，這是最根本的目的，有沒有收益其實是無所謂的，多少是個多啊！

放棄一部分利益，結個好人緣也不錯，沈鳳書並不是在乎那些身外之物的人，可姜老頭給了他這麼一個回答，還是讓他有點接受不能。

還好，姜老頭以前表現的並沒有那麼不可靠，他說有意思，那一定是很獨特。要知道，姜老頭可是還沒進入無常祕境就察覺到了特殊氣息，那顯然已經不是普通的特殊。

想到這裡，沈鳳書也有點躍躍欲試了。

特殊氣息在哪個方向，姜老頭沒說，沈鳳書也不著急，反正他需要在祕境裡待上一段時間，慢慢尋找也是一種樂趣。

然後，無常谷隨行的那一票精英，就看到了神蹟一般的表演。

原本無常谷的人進入祕境，只要從入口深入一段距離，出了某個範圍的「安全區」之後，就一定會遇上各式各樣的狀況，或是某個妖獸，或是某種陣法，或是某件自帶靈性的法寶，總之，不是攻擊就是陷阱，手忙腳亂是最基本的表現，受傷死亡都不是不可能。

可是，跟著沈鳳書，一路走過來，超過了那個安全區上百里了，整個隊伍竟然沒有遇到一處襲擊，一路上順利的讓人驚嘆。

這哪裡是開荒探險，分明就是踏青旅行啊！

什麼妖獸，什麼陣法，什麼陷阱，根本就沒有出現過，甚至讓人不得不懷疑，那些東西真的存在嗎？

所有人看到的都是沈鳳書的奢華大馬車一路平靜的駛過，周遭的無論是群山還是湖泊還是平原，都安靜的彷彿一幅幅山水畫一般。

沈鳳書甚至還在路過一個小湖泊的時候閒情逸緻大發，當場揮毫潑墨，讓所有人都享受了一下純淨的天地靈氣的洗禮。

然後小白就在路上的一個背陰的樹林中，發現了一株超過了五千年年分的人參。按照雙方的約定，這是屬於沈鳳書的，很快這支人參就被移栽到了姜老頭的培育場中。

沈鳳書嚴重懷疑，姜老頭這是順勢在擴充他培育場的庫存，鄙視他！

旁人看著沈鳳書一路避開了所有的危險猶如神蹟，但沈鳳書卻知道，並不是如此。

沈鳳書的運氣的確是十分好，這在四海祕境中他就已經和兩個姐姐感受過了。另外有一點，沈鳳書發現自己的神識絲覆蓋的範圍超級大，大到超過了隊伍中所有人，因為神識的強悍導致伏羲的戰場掃描系統的掃描範圍也大了好幾倍，簡而言之，掃描功率大了超過十倍，覆蓋範圍則超過了四倍。

即便沈鳳書的運氣不夠好，前方遇上了妖獸，但架不住強大的神識和戰場掃描系統會先行發現，然後稱心天地稍微往上一鋪，什麼妖獸都會被隔絕，什麼危險都不會被觸發。

陣法也好陷阱也好不會動窩，沈鳳書總有會遇上的時候，可就算恰好走到了某些陷阱和陣法所在，還是那句話，稱心天地平鋪，無往而不利。

莫比烏斯空間在各種陣法中簡直就是ｂｕｇ一般的存在，完全不會觸發任何陣法和陷阱，這也導致平鋪的時候不會激發任何陣法和陷阱的攻擊，即便真的走在陣法和陷阱上面，也安然無恙，和沒事人一般。

和稱心天地同時鋪開的還有姜老頭的培育場，一路上經過的地方只要有上年分的植物，姜老頭就會主動收取到培育場當中，相當的方便快捷。

當然，沈鳳書每一次也會很清楚的告訴無常谷的那些精英們自己要收取什麼東西，然後才會動手，相當的講究。

一次如此，兩次如此，或許無常谷的精英們只會覺得是僥倖，可一天如此，兩天如此，三天都是如此，這些眼高於頂的高手們，也不得不承認，哪怕他們修為比沈鳳書高出許多，可在氣運上，他們就算跳起來，也搆不著沈鳳書的膝蓋。

更可怕的不是沈鳳書自己選擇方向，而是他讓這些精英們選擇方向。有幾個精英曾經進來過，僥倖生還，其中不服的兩個還特意指向了他們曾經遇險的方向。

結果，他們遇險的位置風平浪靜，什麼都沒有發生。

如果不是之前他們戰鬥或者經過的痕跡還歷歷在目，告訴他們並沒有走錯路線，這些精英都要以為自己是失心瘋了。

小沈探花得有多深厚的福緣，多強大的氣運，才能直接送在攻擊陣法上卻不會引動絲毫的陣勢？他們遇上九死一生，沈探花過來波瀾不驚，還有天理嗎？

至此，這些無常谷精英們才意識到，自家宗門高層是如何的英明神武，如何的高瞻遠矚。把沈探花請回來簡直就是神來一筆，大家已經依稀看到了無常祕境徹底煉化的曙光。

儘管沈鳳書一行走的並不快，但沒有比這種平安的行程更讓人開心了。現在大家已經完全不懷疑沈鳳書的運道，所有人心中，其實就只剩下最後一個問題，什麼時候能找到控制無常祕境的樞紐。

沈鳳書是存心消磨時間，並不著急，每天的日子過的悠哉游哉。

姜老頭說的那道有意思的氣息，只是閃現了一下就沒有再出現，姜老頭其實自己也不知道方向，恐怕還真得就靠沈鳳書自己慢慢找到了。

一路上眾人可是開了眼，五六千年的大樹，七八千年的藤蔓，甚至上萬年的黃精茯苓也不稀奇，植物所屬想要成精，比起動物來要難上百倍千倍，鮮少有能開靈智的。

小白小青和小狐狸精們對於自家老爺的好運道是見怪不怪的，無常谷的眾人卻是個個瞠目結舌。

這些天材地寶，就彷彿是專門長在沈探花要經過的路上等著他一般，隨隨便便就能碰上，而之前的幾年內，他們歷盡千辛萬苦，卻只能換一身傷回去。

誰見過一對芝人芝馬直接往人身上撲的？但這才半個月，他們就見到了兩次，第一次是七千年分的芝人芝馬，第二次就是萬年了。芝人芝馬只是成了氣候，卻還不算開了靈智，理所應當的成了沈鳳書的收藏。

一群無常谷的精英們眼睛瞪的眼角都快要裂開了。這樣也行？

大家都是修士，我們境界比你還高，可人與人的差距怎麼就這麼大呢？

吸引芝人芝馬的當然不僅僅是沈鳳書本人，還有靈氣濃郁了不知道多少倍，有先天靈土肥地的培育場，姜老頭培育場的「庫存」潮水一般的飛漲著。

在無常祕境當中尋寶探險，大家開開心心的玩了三個多月，姜老頭也沒有再發現一次那個奇怪的氣息。要不是沈鳳書知道姜老頭的修為到底有多強悍，說不定會忍不住懷疑姜老頭是不是弄錯了。

龐大的隊伍在一處高大茂密的樹林邊上紮營休息，因為這處樹林邊上就是一個不小的湖泊，甚至於其實整個樹林都是浸泡在水中，遠處的群山環繞，近處綠樹成蔭，旁邊碧波盪漾，說不出的自然與美好。

如此美景，沈鳳書還能不畫一幅畫？

沈鳳書畫畫很美，特別是在畫完之後總會帶來純淨的天地靈氣，讓每一個附近的修士都十分享受。但再怎麼享受，對於這些無常谷的精英來說，每天都能享受一次，早已經習慣並且麻木了。

他們現在最期待的不是這些享受和美景，而是找到無常祕境控制的樞紐關鍵，盡快掌控無常祕境，其他的一切都只能往後排。

偏偏三個多月了，沈探花除了收穫一大堆上年分的植物之外，樞紐關鍵一點都沒有找到，這些精英們都已經有點急躁。

前兩個月還好，大家都信心十足，可第三個月的時候，就已經有隱隱不滿的情緒，只是被帶隊的長老全部壓下，沒人表現出來。

到了現在，就連帶隊的長老也已經壓不住，看著沈鳳書還要進行這種無關痛癢的雜事，有些精英們已經鼻子不是鼻子眼不是眼的，臉色難看之至。

無論是沈鳳書和侍女們，還是無常谷的長老都知道，這些精英們的耐心已經到了極致。

「沈探花……」帶隊的長老長嘆一聲，不得不開口和沈鳳書商量一下。

這些日子沈探花完全就是在遊山玩水，根本就沒有認真找過，就連長老其實也暗暗腹誹。

「如果我是你，在我畫畫的這段時間裡，就會好好看看周圍到底有什麼不一樣。」沈鳳書卻沒有讓長老把後面的話說出來，只是淡淡的提醒了一句，隨後開始認真的落筆。

長老怵然一驚，周圍有什麼不對嗎？

不用長老吩咐，無常谷的精英們已經瞬間緊張起來，紛紛開始探查起周圍。

第三章

古怪的林子

沈鳳書畫畫的時候，一群無常谷的精英們全都在周圍各種探查，就差掘地三尺了。

小白小青小狐狸精們撫琴的撫琴，焚香的焚香，烹茶的烹茶，對於那邊的熱鬧看都沒多看一眼。

質疑自家老爺，那還能給他們有個好臉？

無常谷的眾人其實很尷尬，之前有點急躁，以為沈鳳書浪得虛名，現在沈鳳書忽然點了他們一下，從帶隊長老到以下，都覺得有點臉紅。

人家要是氣運不佳，能一路進來就沒遇上一點凶險嗎？換成他們進來，想深入這麼遠，不付出數十條性命恐怕想都別想。

已經占了大便宜了，竟然還懷疑沈探花，實屬不應該。

尤其是現在，沈鳳書已經指點了他們，讓他們周圍找找，如果再找不出來不對勁，活該找塊豆腐一頭撞死。

可是，無論眾人如何的尋找，就差上天入地了，竟然還是沒發現這裡有什麼不對勁。

周圍的山有點遠，超出了百里之外，眾人都很小心的沒有遠離。現在大家都知道，不能離沈探花太遠，否則沈探花的氣運也護不住眾人，一定會遇上麻煩。

那片巨大的樹林，不知道經歷了多少年月，已經長成了一片參天大樹的森林，覆蓋上百里，最細的一棵樹，都是十幾個人合抱粗，數十丈高，高大茁壯，沈鳳書只在地球上美國的巨型紅杉林那邊見過。

樹林一眼看過去看不出有什麼異常，裡面各種動物穿梭，生機盎然。倒是樹下也有不少的灌木，裡面也不知道生長了多少靈藥。

不用問，這些靈藥肯定都是沈鳳書的。

湖水很清澈，裡面的游魚都能看得一清二楚，肉眼看起來毫無破綻，神識探下去也一切正常。

真要說不對勁，是湖裡的生靈，不管是游魚還是其他的蜉蝣蛤蟆泥鰍之類的，都活躍的有些過分，生機強盛的一塌糊塗。

莫非控制無常谷的關鍵樞紐是活物？

無常谷的眾人在周圍幾個方向上全部探查一番之後，不約而同的把注意力都集中在湖中的生靈身上。只是，湖裡的生靈實在是太多，而且還不停的游動著，一時之間，眾人竟是無法察覺到底是哪一個有問題。

有些生靈明顯火候不足，直接排除，湖泊足夠深，神識用力往下探，總能找到不對勁的妖獸。

可一直到沈鳳書畫完功課，天地靈氣都洗禮過一遍，沈鳳書已經在侍女的伺候下淨手喝茶了，無常谷眾人依舊還是沒找到關鍵。

看著沈鳳書好整以暇的樣子，無常谷眾人越來越加快了速度。如果沈探花都點出了就在附近他們還找不出來端倪的話，那在沈探花面前怎麼抬頭？

上竄下跳的折騰了半晌，甚至都有精英水遁到了湖底查看了一番，也還是沒找到關鍵。

眼看沈鳳書那邊已經品茗結束，帶隊的長老就知道，無常谷這邊在沈探花面前，已經輸的一敗塗地了。

好在長老很清醒，知道這一趟就是借助沈探花的氣運來找控制樞紐的，自家之前耗費了這麼多年都沒找到，現在找不到也並不是無法接受的事情。

關鍵的關鍵，還是在沈鳳書的指點下找到並控制無常祕境，與這個基本目標相比，自己和些許弟子的臉面，不值一哂。

「沈探花，我等技窮，還請沈探花不吝指點。」長老很恭敬的衝著沈鳳書拱手請教。

請教就有請教的態度，執禮甚恭不在話下。

沈鳳書果然不為已甚，也不計較，只是笑呵呵地反問道：「目前已經看出有什麼不對勁的地方？」

「這些湖中的生靈反常的活躍，生機甚足。」長老沒開口回答，身後跟著的一個弟子已經主動替長老回答了。

「還有呢？」沈鳳書皺了皺眉，這都沒看出來？

「這林中的生靈也同樣生機盎然。」另一個弟子趕忙介面道。

暫時發現的就這麼些，說不出來更多，一票精英們個個慚愧到臉紅。

「就這？」沈鳳書果然不滿意，皺著眉頭掃了眾人一眼，頗有點恨鐵不成鋼的不滿。

都已經提示到這個分上了，居然還沒有發現異常，難怪這麼多年還沒掌控無常谷呢。

「還請沈探花指點！」長老主動的扛起責任，再次開口請沈鳳書指點。

「這個林子。」沈鳳書沒說太多，只是再次讓眾人多關注那個樹林。

一眾精英們立刻行動起來。如果沈鳳書都提示的這麼詳細他們還不能發現問題的話，那也枉為精英了。

數十人直接分散在這片巨樹林中，神識如同犁地一般，從這頭犁到那頭，幾乎一處最細小的縫隙都沒錯過。

瘋狂的忙碌一番之後，眾人面面相覷，除了這片林子的樹木都粗大的有點過分，林中的生靈格外的活躍之外，他們竟然還是沒有發現端倪。

不死心的眾人各自交換了位置，也許一個人關注點有限，大家交換一下說不定能發現不對勁。

問題是，當第四次打散隊伍重新分片仔細探查一番之後，眾人依舊還是沒找到異常。長老也在其中，來來回回神識探查過數遍，可回饋全都是一切正常。

沈鳳書那邊小白小青已經給沈鳳書直接抓了幾條湖中的游魚做了一頓十分美味的魚羹吃下肚了，無常谷眾人還在忙碌。

其實不光無常谷的眾人在探查，就連小白小青和小狐狸精們也沒按捺住好奇，去探查了一番，結果也和眾人一樣，什麼都沒發現。

終究長老還是帶著一群精英們回到了沈鳳書的面前，再次恭恭敬敬的請教。之前那些流露出不滿的精英們，一個個的在沈鳳書面前低下了頭，再不敢有一絲的不滿。

「這片林子本身，你們就沒發現什麼不對嗎？」沈鳳書不解地問道，這麼明顯的問題，用眼睛就能看出來了吧？

「林子本身？」所有人的目光都看向了那片巨樹林。

巨大的樹林，全都是一種樹種，枝幹一模一樣，樹葉也一模一樣，生長的極其茂盛，枝條交錯，你中有我我中有你，這有什麼問題？

很多樹林都是一種樹，這不是很正常嘛？

「這片區域所有生靈都生氣勃勃，但你們不覺得這樹本身的生氣卻很普通嗎？」沈鳳書進一步的提醒了一句。

巨樹很大，每一棵都直入天際高達百丈，但沈鳳書一提醒，眾人立時意識到，大樹的生機並不像下方那些灌木和靈藥的生氣足，甚至不如湖水中的游魚足，只是普通的樹木，普通的氣息，就如同周圍的土石一般。

眾人立時恍然大悟，這就有問題了。周圍全都是生機勃勃，只有這片普通，肯定不對啊！

可也正因為這些大樹普通的氣息，才讓眾人會下意識的忽略，即便神識掃過，也只以為如同普通的地面普通的石頭一樣。

燈下黑啊！

「另外，你們沒發現……」沈鳳書賣了個關子，等眾人的目光全都看了過來，這才微笑著開口道，「這是一棵樹啊！哪來的樹林？」

一棵樹？眾人大驚！

這片林子覆蓋了百里方圓，每一根都極其粗壯高大，分明是成千上萬棵樹，怎麼會是一棵？

長老聞言，二話不說，直接飛到了高空，從上往下，細細的探查起來，好一會之後，臉色嚴峻的落了下來，滿臉的震驚。

之前他以為是同一種樹木生長的茂盛，所以才會有一種你中有我我中有你的錯覺，現在才發現，正如沈鳳書所言，這片巨大的樹林，只是他們以為的樹林，實際上，根本就只是一棵樹。

長老的話一說，一票精英們全都嚇呆了。他們怎麼可能想到，覆蓋方圓百里，上百丈高的巨大樹林，只是一棵樹。

眾人看到的百丈高的巨大樹幹，在沈鳳書這裡，只是一根一根粗壯一點的氣生根而已，真正的主幹，就藏在這方圓百里當中，也許是中央，也許是某個位置，誰知道呢？

「這棵樹是我的。」沈鳳書笑著強調了一遍，滿臉的歡喜，「天生知道怎麼不引起注意，哪怕身形如此巨大，這麼多人也沒有一開始發現，實屬難得。」

有幾個無常谷弟子剛想說點什麼，就被帶隊長老嚴厲地瞪了一眼，把想說的話全都瞪了回去。

夠年分沒有生出靈智的植物，全歸沈鳳書所有，這是進來之前就達成的協議，高層包括帶隊長老都發過心魔大誓的，怎麼可能違背？

難道這棵巨樹就是無常谷的控制樞紐？眾人全都是半信半疑，此刻卻又不知道該如何是好。

沈鳳書卻不管那麼多，稱心天地早已經鋪開，招呼了姜老頭一聲，兩人齊心合力，費了好大工夫，足足折騰了兩天兩夜，才將這棵覆蓋了百里方圓的巨樹完整的挪到了稱心天地中。

一眾無常谷高手卻只能徒勞的看著沈鳳書的動作，什麼都不能做，眼睜睜的看著這棵巨樹整個的在原地消失。

隨後，眾人就在巨樹被移走的區域當中，發現了一個覆蓋了十幾里方圓的巨大宮殿的廢墟。

廢墟雖然早已經荒蕪，而且被各種植物侵蝕的不像話，但從分布和形制，依稀還是能看出當年的風範，一看就是一個仙門核心。

無常谷眾人心中全都是狠狠的一震，那處廢墟，恐怕真就是無常谷控制樞紐所在了。

「那是什麼？」長老下意識地問道。

「不知道！」沈鳳書回答的同樣乾脆。

「你不知道？」長老驚訝的扭回頭來看著沈鳳書，「你不知道怎麼就能斷定是這裡？」

「我不知道很稀奇嗎？我又沒來過。」沈鳳書理直氣壯地回答道，「我只是經過這裡的時候，發現這棵樹不對勁而已。至於這裡是什麼，你們得自己去找出答案。」

帶隊長老差點被沈鳳書的回答給堵的吐血。什麼都不知道，就在這裡裝模作樣的折騰這麼長時間，還讓一群無常谷弟子上竄下跳的忙乎半天，耍猴呢？

但他又什麼反駁的話都說不出來，沈探花說得對，他從來沒來過，第一次，誰知道這裡是什麼？

一想之前那些精英弟子們的態度，帶隊長老什麼話也沒多說。

看在找到一處廢墟的分上，忍了！

不忍也不行啊！無常谷忙碌了這麼多年，還從來沒有一個弟子找到過類似的建築物廢墟，這說明這裡以前是有人居住修行的，為什麼變成了這樣，裡面會不會有控制中樞，誰也不知道，但找到了廢墟，就多了一份希望。

就算這裡不是，就憑沈探花能找到他們找不到，那就是再大的憋屈也得老老實實的忍著。

「你們……不去看看嗎？」沈鳳書見大家都待在原地傻看著，忍不住出聲問道。

帶隊長老撇了撇嘴脣，實在是無語了，手一揮，一群早已經按捺不住的弟子們，飛快地衝著廢墟衝了過去。

「別總是相信神識！」沈鳳書沒忘記在後面大喊一句提醒眾人，「相信自己的眼睛。」

這廢墟也是奇特，或者說是那棵大樹奇特，這麼大的地方，好幾次都有弟子神識探查過，甚至長老自己也肯定自己一定從上面飛過去過，但大家都可以發誓，當時神識探查一點反應都沒有，只以為下面是普普通通的水面和灌木，根本就沒有廢墟。

沈鳳書的提醒十分的及時，眾人全都銘記在心。

不管是廢墟有問題還是大樹有問題，反正這廢墟的出現，已經給了眾人極大的鼓舞，不一會，一群精英們就衝進了廢墟，開始細細的探索起來。

都是修士，還是精英，只看這處廢墟的形制，就知道哪裡是主殿，哪裡是核心區域，哪裡是外圍和不重要的地方，帶隊長老直奔最核心的位置。

沈鳳書卻不關心無常谷的眾人，心神探入稱心天地中，和姜老頭琢磨起那棵大樹來。

方圓百里的大樹，有點類似地球上的榕樹，到處是氣生根，但又不完全一樣，氣生根鑽入水中，直接形成了一棵棵巨大的枝幹，不細看的話，很容易誤會是一棵棵的大樹。

這大樹天生就會低調，那麼大的覆蓋面積，眾人過來第一反應是看林子裡的生靈和周圍的湖泊，卻下意識的會忽略大樹本身。

要不是伏羲的理性提醒，就連沈鳳書和姜老頭都會錯過。可想而知這樹有多邪門。

「莫非這是樹姥姥的原形？」沈鳳書心裡嘀咕著，「高低讓我整個蘭若寺出來嗎？上哪找一個小倩？」

這傢伙要是開了靈智，絕對就是倩女幽魂裡的boss樹姥姥。

更神奇的是，這棵樹姥姥姜老頭竟然沒收到培育場中，而是放在了稱心天地裡，讓沈鳳書著實不解。

「有什麼不明白的？」

姜老頭白了沈鳳書一眼：「除非毀掉，否則放不進去！」

「樹妖？」沈鳳書大驚，自己這是收了什麼了不得的東西？第一反應就是這東西成精了？

「沒開靈智。」

姜老頭搖頭：「一種植物的本能，會抗拒氣息相近的同屬。」

懂了！姜老頭的培育場當中全都是靈氣十足的植物，而且年分都不低，樹姥姥本能抗拒，除非弄死，否則不進培育場。植物的本能，也是神奇。

「是它嗎？」沈鳳書又問道。

這問題也只有姜老頭知道問的是什麼。姜老頭在無常祕境外面的時候，忽然察覺到的一縷氣息一閃而逝，之後就沒有感應。一直到進來兩個月之後，才又感應到一次，同樣還是一閃而逝。

沈鳳書之所以會走到這個方向上，也是因為姜老頭的指點，然後才碰到了這棵樹姥姥。

「八成可能。」姜老頭很慎重的點頭。

一邊說著，姜老頭一邊上前，伸手去觸摸大樹。

奇怪的事情發生了，姜老頭的手一觸碰包括沈鳳書在內，都察覺到那棵大樹上傳來一股強烈的抗拒。

抗拒的不是意念，樹姥姥還沒有靈智，只是一種無法形容的比有靈智的要弱化許多，但比正常的植物本能卻又強大許多的抗拒感，十分明顯。

姜老頭沒有強硬的接觸，他要是硬要動手，恐怕普天之下沒幾個能真的抗拒。退後了幾步，姜老頭試著用血紋藤嘗試接觸。

不出所料，同樣是抗拒感十分明顯。

姜老頭不死心，又用培育場的其他植物嘗試，同樣如此。甚至於姜老頭使用了大樹下本身就有的那些植物來嘗試觸碰，抗拒感依舊。

這樹姥姥是相當奇特，竟然如此的牴觸外部植物接觸，而之前已經在它林中生長的植物卻又不在此列。

山老頭的分身嘗試了一下，很輕易的摸到了氣生根上，絲毫不抗拒。龍見心覺得好奇，也上前摸了一把，同樣正常的摸到。

不抗拒動物，不抗拒土水，只抗拒植物，有意思。

把樹姥姥扔給稱心天地裡三個高手研究著，沈鳳書心思回到了自身，看著無常谷的眾人忙碌。

可以肯定的是，樹姥姥一定能夠屏蔽神識探查，不然這麼大一個宮殿群的廢墟不可能大家神識探查都沒發現。

廢墟中三不五時的會傳來一陣歡呼，肯定是找到了什麼好東西。

一眾無常谷的精英們真的是憋的狠了，之前好多年，加上沈探花帶路的這幾個月，無時無刻的不再提醒著他們的無能。現在發現了線索，怎能不盡心盡力？

帶隊長老尤為興奮，廢墟中明顯發現了一些居住修行的痕跡，陸續從廢墟中找到了一些殘破的玉簡竹簡之類的東西，還有一些法寶的碎片越來越表明，這之前就是一個修行宗門所在。

帶隊長老已經不親自尋找東西，而是在宮殿群外找了個平地，集中整理發現的東西。

能在這個節骨眼上進來的都是無常谷的核心弟子，完全值得信任，各種找到的東西飛快的匯總到帶隊長老這裡，小半天裡就擺了一大堆。

帶隊長老一個個的檢查整理著，遇上可以玉簡竹簡還會嘗試讀取一番，很快沉浸其中。

這一探索就是半個月之久，沈鳳書這段時間裡也沒幹別的，就在不遠處的湖邊享受著，修行，喝茶，看書，到點就寫字畫畫做功課，有小白小青和小狐狸精們陪著，生活不要太幸福。

這段日子裡，姜老頭山老頭和龍見心也把樹姥姥從裡到外研究了一通，給了沈鳳書一個十分驚訝的結論。

樹姥姥沒有開靈智，以後也不太可能開靈智了。

它的樹心內，天然生長了一個玄奧法陣的陣紋，隨著樹姥姥日漸生長，吸收了足夠的靈氣，天然的陣法就被啟用。

這個陣法天生就具備了隱匿氣息隔絕神識的功效，最神奇的還有一絲絲空間之力，也正是因為這一絲空間之力，才能將那個宮殿廢墟徹底掩蓋。

之所以抗拒培育場和姜老頭，是因為培育場和姜老頭的木屬性靈氣實在太濃厚，而樹姥姥本身也是將木屬性靈氣牢牢鎖在體內的主。雖然沒有靈智，樹姥姥卻也是個吝嗇鬼，不希望與純正木屬性的任何植物性生靈接觸，彷彿生怕別的植物共享它的生氣一般。

有意思的事，龍見心同樣也是木屬性，卻能接近，動物樹姥姥並不抗拒。

當然，樹姥姥內部的那些靈藥除外，那是它陣法啟用之前就生長的，已經算是樹姥姥一體。

知道原委，沈鳳書也是嘖嘖稱奇。

照姜老頭所言，樹姥姥這也算是天生天養的靈物，可竟然還是一個天生吝嗇的靈物，也是讓人哭笑不得。

樹姥姥進了稱心天地，好像也沒什麼變化，沈鳳書也沒什麼感覺。可是，當一個月之後，沈鳳書忽地發現了一些不對勁。

這樹姥姥十分低調，氣息平凡，看起來毫不出眾，剛進入稱心天地，突然換了一個環境，竟然根本就沒有認真扎根，也不吸收靈氣，只是用一種最保守的姿態保護著自己。

照這樣下去，等樹姥姥自身的靈氣耗盡，恐怕整體都會枯萎死亡。真真應了那句，人挪活，樹挪死。

寧死不接受他鄉靈氣，竟然是個剛烈的樹姥姥。

如果樹姥姥就這麼死了，這可不是沈鳳書本意，沈鳳書只能向姜老頭山老頭他們幾個請教怎麼做。

「怎麼辦？這還有什麼難辦的？」姜老頭只對樹姥姥天生的陣法感興趣，聞言沒好氣的給了沈鳳書一句，「你煉化唄，煉化了不就隨時可以吸收靈氣了？」

煉化樹姥姥？沈鳳書還沒來得及做出決定，忽地聽到了無常谷眾人的一陣歡呼聲。

「找到了！」無常谷那位帶隊長老，此刻叫的比誰都大聲。

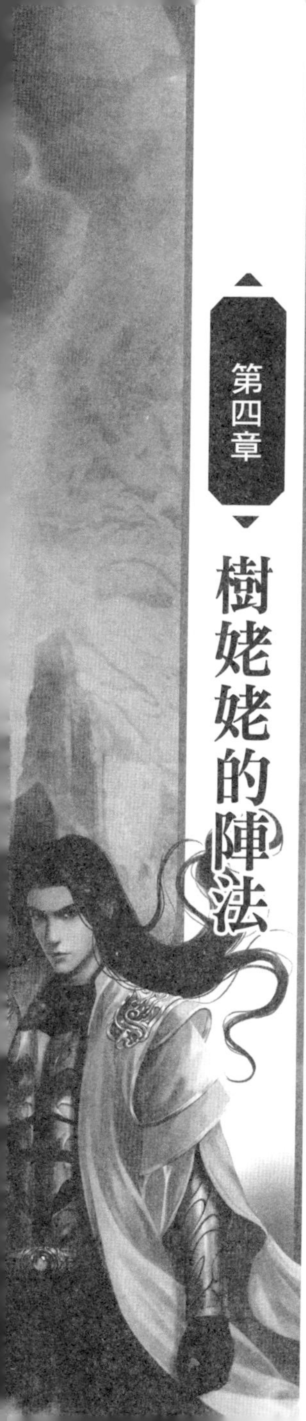

第四章

樹姥姥的陣法

什麼找到了？沈鳳書只是疑惑了一下，就意識到無常谷眾人可能是找到了控制樞紐。

此行的目的就是這個，能找到沈鳳書其實還挺高興，這也再次證明了自己的氣運的確是讓人豔羨不已。

看來出去之後有必要一個個佛寺找上門，讓整個佛寺的人幫忙用大明咒加持一下一塵珠了。反正佛門現在對沈鳳書各種感恩戴德，用加持一塵珠來了卻因果也不錯。

「是什麼？」沈鳳書其實也挺好奇，忍不住問了一句。

「還不知道！」帶隊長老的話讓沈鳳書一頭霧水，都已經找到了，怎麼還不知道是什麼呢？

「託沈探花的福，在那片廢墟中找到了一幅無常祕境的詳細地圖。」帶隊長老十分興奮，「上面標註了控制樞紐所在，但具體是什麼，還不清楚。」

原來如此！

這樣也好。有地圖的話，只要派出足夠強的高手，完全可以拿下。而沈鳳書這邊，也不用因為知道了無常谷更多的祕密還會被無常谷上下猜忌。

事情這樣結局，可以說兩全其美。沈鳳書成全了自己氣運無雙的名聲，無常谷如願達成控制無常祕境的目的，皆大歡喜。

至此沈鳳書也可以完全肯定，樹姥姥絕不會是自然生長在這個地方的，顯然是有修士故意種植在這裡。

樹心的陣法也許是天生的，但被修士大能利用栽種在這裡，為的就是掩蓋那片宮殿群。

甚至宮殿那邊本應該還有什麼防護陣法之類的，卻被樹姥姥的陣法影響失去了功效，隨著時間推移，沒人打理，那些宮殿才會陸續破敗。

那些修士利用樹姥姥的初衷或許是保護宮殿，可最終破壞宮殿的，卻還是樹姥姥那些無處不在的根系，世事變化，實在是無常，難怪這裡叫無常谷。

眾人一派歡天喜地中，帶隊長老按照地圖方位，帶著大家直奔無常祕境的出口。

接下來的事情，已經不需要沈探花參與，沈探花一行可以先行離開祕境了。

至於無常谷答應的那些上年分的植物，無常谷等完全控制祕境之後，再行交付。

對此沈鳳書毫無異議，從魔洲回來已經接近半年的時間，消息肯定已經傳開，他也想知道浩渺仙子和夜師祖到底有沒有找到暗算自己的人。

出去很容易，只用了不到十天的時間。無常谷主帶著全體高層集體宴請沈鳳書，感謝沈鳳書這次的幫忙，並承諾五年之內所有答應的祕境植物會拱手送上。

再次熱情招待沈鳳書一個月之後，沈鳳書一行終於離開了無常谷。

這一個月的緩衝沈鳳書知道是為什麼。無常谷要抓緊時間控制無常祕境，又不希望沈鳳書把消息洩漏出去，索性好吃好喝的招待著，奉為上賓。

沈鳳書也知趣，安心的在無常谷又待了一個月，這才告辭。

離開之前，沈鳳書又從無常谷主這裡帶走了一批無常谷特意蒐集的美酒和字畫，也從無常谷主口中知道，無常祕境已經徹底掌控。

雙贏的合作，完美！

離開無常谷，沈鳳書第一件事就是找了個穩妥的所在，安心煉化樹姥姥。

按照姜老頭的說法，樹姥姥換了環境死活不扎根，這可和眾人本意不符。既然樹姥姥不太可能誕生靈智，那索性煉化之後在稱心天地扎根也挺好。

到現在為止，姜老頭還沒弄清楚之前在祕境外面感受到的樹姥姥的那一縷特殊氣息是怎麼回事，這也是姜老頭死活要沈鳳書將樹姥姥煉化的根本原因。

沈鳳書從善如流，強橫的神識毫不講理的強行入侵樹姥姥本體，稱心天地攜帶烘爐一般的靈氣開始對樹姥姥進行煉化。

也不知道樹姥姥有多大的年紀，體內樹心的陣法不知道形成了多少年，但畢竟靈智未開，在沈鳳書全方位的攻擊之下，只用了不到三天，樹心就徹底打上了沈鳳書的神識印記。

只是，神識印記也只限在樹心而已，那個陣法並沒有被沈鳳書把控，依舊還是在樹姥姥的樹心自發的運轉，消耗樹姥姥的靈氣。

但這並不妨礙沈鳳書掌控樹姥姥的一些基礎活動，比如讓樹姥姥扎根。

保護性蜷縮在一起的龐大根系，終於不再緊抱成一團，暢快的舒展著，將根系深深的扎入到了稱心天地的肥沃大地中。

根系伸展吸收第一縷營養和靈氣的時候，沈鳳書自身都有一種全身裡外通透自在的舒暢感。

太愜意了！只一瞬間，沈鳳書就感覺自己全身上下疲憊盡去，無論是肉身靈氣還是神識都瞬間達到了充實的巔峰，彷彿被天地灌注到了最佳狀態一般。

只這一瞬間的感覺，沈鳳書就明白，煉化樹姥姥絕對沒錯。

知道樹姥姥肯定有隱藏的神奇表現，所以沈鳳書也沒有小氣，給這個吝嗇的樹姥姥好好上了一課。

在無常祕境中沈鳳書就發現了，祕境中經過的地方其實靈氣並不是很濃郁，尤其是樹姥姥扎根的地方，更是只靠著吝嗇的樹姥姥自身不知道積累了多少年的靈氣才能催動陣法和那些生靈們的生氣。

可憐的孩子，難怪會小氣呢。生在一個貧瘠的所在，不小氣那是自尋死路。現在，沈大爺給你看看什麼叫做吃飽了還不算，得撐到才是基本操作。

老魚後面給的那根絨毛分到沈鳳書的那部分，沈鳳書直接塞到了樹姥姥的根系之下，讓樹姥姥能夠盡情的吸收。

靈氣管夠，而且還是強悍到比兩大宗門的核心主脈都要濃郁不知道多少倍的超級靈脈，質量更是沒的說，只是剛轉移過來，沈鳳書就察覺到樹姥姥的根系如同靈蛇一般，瘋狂的往超級靈脈中鑽去。

肉眼可見的，樹姥姥的巨大身軀就彷彿在一瞬間青潤起來，樹葉更加的嫩綠，枝條更加的飽滿，就連巨大的樹幹和氣生根都顯得粗壯了一圈。

那種感覺，就好像乾癟的乾木耳泡在了水裡，一會工夫就變得水滑飽滿。

非但有強悍的靈氣，地面直接就是一個巨大的沼澤，最適合樹姥姥生活的環境，天空中還下起了濛濛細雨，要多滋潤有多滋潤。

當樹姥姥本能一般猛烈的吸收過一波超級靈氣，將自身填充的滿滿的時候，體內的陣法也開始隨著靈氣的增強激發了最強的功效，火力全開。

在無常祕境中只能靠著樹姥姥吸收的靈氣籠罩住十幾里方圓的宮殿廢墟，可現在，陣法的範圍隨著靈氣無限制的供應瘋狂的擴張起來，十里，百里，千里，只用了不到一天的時間，就徹底的布滿了整個稱心天地。

當樹心陣法範圍和稱心天地的邊緣重合的時候，沈鳳書彷彿感覺到了隱約的一陣擠壓碰撞。

陣法一直在膨脹，而稱心天地空間有限，一邊要擴張，一邊卻是固定邊界，終究陣法布滿了每一處空間，依舊還在不停膨脹。

喀嚓，隱隱的一聲微響，好像什麼東西碎裂，又好像什麼東西嵌套融合在一起。沈鳳書只覺得稱心天地中好像地震一般微微震動了一下，隨後就意識到稱心天地越來越穩固。

純粹就是一種感覺，並沒有實質性的證明，可剛剛的擴張和碰撞過程沈鳳書全程見證，也瞬間接受並理解。

兩種空間的嵌套融合之後當然比一個空間更穩固，可沈鳳書卻在此刻忽然發現，自己的稱心天地並不完整，依舊還是有缺陷的。

稱心天地脫胎於小天地畫卷，融合了稱心紙，後來連續幾次經歷了聖言天柱支撐，開天闢地破碎重生，幾種空間法寶穩固，後來鎮之以元初九鼎，天地穩固的連老魚都無計可施，沒想到，現在融合了樹姥姥的陣法，竟然又讓沈鳳書看到了漏洞。

最初小天地畫卷出自白前輩的畫作，天生就有一個缺陷，畫最初是2D的，也就是平面的，即便擴展煉製成了小天地，成了3D的立體空間，可還是有個問題，沒有「蓋子」。

小天地開始煉製，肯定最注重的是地，因為一切都要有根基，根基在地上，相反，天空上有些太陽月亮星辰就足夠了，相對邊界感就十分的模糊。

以前沈鳳書一直以為稱心天地穩固無比的，現在融合了樹姥姥之後才發現，稱心天地並不足以成為一個完全封閉的穩固空間，在天空上方的方向上，極其薄弱。

不知道老魚對空間的理解如何，當年要是從天空方向施壓，恐怕用不了太長時間，稱心天地就得被攻破。

好在樹心陣法很全面，又增加了一重天空的框架，比之前更加穩固許多，至少短時間內沈鳳書完全不用擔心被人從天空破壞稱心天地了。

「姜老頭，你虧大了。」眼見得稱心天地穩固，樹姥姥也徹底扎根生長的欣欣向榮，沈鳳書長出一口氣，隨後就是向著姜老頭炫耀。

培育場比稱心天地還不如，天空更是薄弱，平常就是鋪開來的，好在姜老頭自己的修為高，不用擔心別人強搶破壞。

「一棵開不了靈智的老樹而已，你覺得我能看的上眼？」姜老頭根本不知道樹姥姥給沈鳳書帶來了什麼，習慣性的回懟了一句。

「培育場有個破綻，想不想知道？」沈鳳書挑了挑眉毛，飛快的向姜老頭暗示起來。

「山老頭，龍見心，你們也得注意一下。」

姜老頭有培育場，山老頭也有腹中天地，龍見心也有一個從朱承望那邊得到的戰利品，那個能讓元神和肉身分開的空間法寶。

雖然山老頭的腹中天地時日還短，火候也不足，比不上老魚腹內的魔洲，可也是繁衍生長了數千萬人的天地，如果大家對空間理解沒差別多少的話，這個缺陷肯定都有。

相對來說，龍見心的小天地最弱，除了這個缺陷，肯定還有其他。

當然，沈鳳書賣關子也只是玩笑，增進大家交情的小手段。現在大家根本不在乎些許的蠅頭小利，只要需要，隨時可以互相為對方出手。

幫小白小青要到了一次姜老頭山老頭和龍見心一起出手煉製幾片玄武鱗片的好處之後，沈鳳書才把自己的發現說了出來。

樹心的陣法陣紋隨著稱心天地和陣紋空間徹底嵌套融合，沈鳳書已經可以了解的一清二楚，陣圖詳細的畫了出來，交給了姜老頭和山老頭，看他們怎麼布置。雖然沒有樹姥姥這種天生靈陣的優勢，但後天布置的，也能達到樹姥姥樹心靈陣威力的六七成。

三個高手各自的小天地裡一點都不缺靈脈，姜老頭用天雷地火構築陣法，山老頭直接用戊土本源刻印陣紋，至於龍見心，則是用自身的身外化身布陣。靠著強悍的材料，三人布置出來的空間靈陣，功效直追樹姥姥樹心。

不能不說，這天生靈陣的確是複雜，即便是他們三個這樣的高手，也不得不耗費了足足兩年的時間，才算是把靈陣各自完成，布置在各自的小天地當中。

陣法一落地，超級靈脈供給靈氣，一激發，三個老傢伙立刻就感覺到各自的小天地直接提升了一個層次。

「耗費心神這麼長時間，累了吧！」沈鳳書一直陪著三大「看家護院」的高手忙碌，看他們忙完，出聲邀請道，「要不要來我新住處參觀一下？」

三個高手這段時間在忙碌，沈鳳書也沒閒著，在原先樹姥姥下方十幾里方圓的空隙當中，重新布置了一處十分現代化的莊園。

莊園裡所有的房舍院落之類的全部都是沈鳳書親自煉製，裡面的各種家具裝飾也都是自己動手，結結實實的鍛鍊了一下煉製手法，同時錘鍊了一番琢玉訣。

姜老頭山老頭和龍見心聞言，哪裡還不知道沈鳳書肯定是又玩出了什麼花招，互相看了看，齊齊點頭，這點面子還是要給的。

一進入這個現代化的莊園，眾人還沒來得及欣賞這種全新的不同風格的建築，就被莊園獨特的功效吸引。

「這裡可以快速恢復元神損耗？」姜老頭瞬間就發現了不同。

山老頭和龍見心慢了一步，但此刻也都察覺到了不一樣。

「那棵大樹的功勞，怎麼樣？」沈鳳書得意洋洋的炫耀道，「比之那個混元卵也不遑多讓吧？」

樹姥姥剛一扎根的時候，沈鳳書就察覺到了不一樣。自身靈氣和神識瞬間恢復，全身狀態都達到了巔峰，開始以為是超級靈脈的緣故，後來測試了幾次，才發現是樹姥姥的特質。

只有在樹姥姥籠罩範圍之內，才有這樣的功效，反正樹姥姥已經被沈鳳書煉化，自然要打造一個能給所有人都用的超級住所。

「不錯不錯！」

煉虛半年在各自布置樹心陣法，哪怕是姜老頭山老頭和龍見心的修為，也著實有些累了，此刻躺在游泳池邊上一溜躺椅上，愜意的享受著小狐狸精們送上來的果汁飲料，感受著全身疲憊迅速一掃而空的舒爽，那是動都不想多動一下啊！

「你這運氣，真是沒的說。」龍見心一臉的羨慕，無比真誠地嘆息道。

姜老頭也享受，但他培育場好東西太多了，恢復起來並不難，並不如何的羨慕。山老頭有腹中空間中數以千萬的凡人時時刻刻產生大量的人皇紫氣滋養著他的至聖至明九五至尊核心，而且山老頭本身性格也不是那種嫉妒型的，一直沒說話。只有可憐的龍見心是真的沒什麼好東西，打心眼裡羨慕不已。

前段時間才丟了一個暗藏玄機的混元卵，現在馬上就有一棵大樹的功效比混元卵都強，沈鳳書這是老天爺的乾兒子嗎？不對，是親兒子！

能讓姜老頭山老頭和龍見心這麼快恢復的，那能是普通的貨色嗎？恐怕不比混元卵差，卻又完全沒有混元卵的弊端，完全不用擔心隱患。這豈不是上天都在補償沈鳳書？

青龍龍見心嫉妒了，這一趟隨隨便便就是兩年半的時間，估計浩渺仙子和夜師祖那邊也應該有了線索吧？

沈鳳書不再遮遮掩掩，繼續駕駛著自己標誌性的馬車出現，直奔臨近的一座坊市，打聽消息。

「咦？」從隱密處出來，沈鳳書馬上就察覺到了熟悉的氣息。

不羈公子居然就在附近不遠的地方。

這倒不是說沈鳳書已經強悍到神識探查立刻就發現了不羈公子的下落，而是他分別的時候留給不羈公子的一個小小的耳墜那是奈米機器人組成的，正發出獨特的信號，伏羲第一時間就接收到了位置。

隊伍馬上改變方向，直奔不羈公子那邊。

雙方很快就聚到了一起，看到沈鳳書標誌性的馬車，不羈公子幾乎是飛矢一般的速度，激射到了沈鳳書的懷中。

沈鳳書伸出雙手一把摟住不羈公子，回到馬車裡立刻重重的吻了下去。

許久未見，小別勝新婚，兩人可以說是天雷勾地火，其他什麼也顧不得了，連雙修的功法都沒運轉，就在不羈公子的天堂瀑布茅屋裡雲雨巫山，流連忘返。

「無羈，妳怎麼在這裡？」也不知道經歷了多少次，過了多長時間，兩人激情稍稍減退，沈鳳書才摟著赤裸的不羈公子，疑惑的問了一句。

「有位值得信任的大長輩通知我說你最近會在這附近，我已經等了你快兩年了。」不羈公子蜷縮在沈鳳書溫暖的懷中，直接告訴了沈鳳書原委。

長輩不說，還是大長輩？這是誰？自己來無常谷這邊，恐怕就只有浩渺仙子和夜師祖以及兩個姐姐知道吧？難道是無常谷的人洩漏了行蹤？那些傢伙也算不上大長輩吧？李長生？如果是李長生的話，不羈公子應該直接叫師祖，而不是叫大長輩吧？

「是浩渺仙子！」

見沈鳳書一臉的疑惑，不羈公子也沒有隱瞞，說出了答案。

「妳和浩渺仙子還有交情？」沈鳳書略有些驚訝，不過也並不是很意外。李長生的嫡傳徒孫，去一趟昊天門什麼的也正常。

「浩渺前輩指點過我一些修行。」不羈公子飛快解釋了一句，「兩年前，才告訴我你會在附近，讓我耐心點等著。」

浩渺仙子當然知道沈鳳書在無常谷這裡，本就是她們安排的。倒是沈鳳書自己一離開無常谷就找了地方隱匿行蹤，害不羈公子等了兩年多，早知道這樣，沈鳳書寧可先和不羈公子會合，再折騰樹姥姥。

「我終於等到你了。」即便到了此刻，不羈公子依舊不掩飾自己的雀躍，就好像一個戀愛中的小姑娘一般。

這裡沒有外人，就連小白小青和小狐狸精們都沒有跟過來，只有沈鳳書和不羈公子兩人。不羈公子從沈鳳書懷中起身，縱身跳進了天堂瀑布下面的深潭中，愜意的游了幾個來回，順便洗乾淨身上的汗水，這才快活的穿好衣服，並排和沈鳳書躺在潭水邊的一張躺椅上。

「你這些年去了哪裡？」平靜下來，不羈公子才問起沈鳳書這些年的行蹤，「這些年有人說你已經出事不在了，找你也找不到，要不是浩渺前輩，我差點就以為傳言是真的了。」

「我帶著附骨疽，去了魔洲。」沈鳳書笑著回答一聲。

聽到沈鳳書去了魔洲，不羈公子不由得全身都是一顫，明知道沈鳳書已經安然返回，卻依舊還是心有餘悸。

沈鳳書輕擁著不羈公子，輕輕一揮手，兩人面前的瀑布上，就呈現出一段段精彩的影像。

嘴巴講述經過多累，喝著可樂吃著爆米花半躺著看電影不舒服嗎？

魔洲之行有些事情是能說的，有些事情是不能說的。比如和兩大宗門那麼多聖人長老們的交流，那就顯然不能說；和老魚的交情，也暫時不能說；進了魔洲之後的經歷，卻是可以詳細的呈現一下，只要把夜師祖隱去就可以。

這種「電影」，不羈公子早就看過，披散著頭髮，駕輕就熟的拉過沈鳳書一條手臂枕著，一邊讓沈鳳書餵自己，一邊欣賞「影片」中的內容。

也只有沈鳳書，才有這等本事把經過如此詳細的影像化吧！

從剛開始去了魔洲的適應，然後被群起而攻之，雞毛蒜皮小事評理降格局壞道心，最後數千萬人被「表面上」血祭，不羈公子看的冷汗潺潺而下。魔洲的魔修，竟然如此的傷天害理嗎？

鏡像祕境中才是真正的大菜，烏魔修出場後，就是一個接一個的高潮，殺準聖傀儡，殺聖級傀儡，殺血魔，找到血魔的第二元神，再殺玄武，一直到烏魔修設置了考驗，到最後烏魔修成功渡劫的剎那卻被混元卵暗算，讓不羈公子看的驚叫連連。

「冰仙子和雪魔女也去了？」直到看到沈鳳書安全回返，徹底放心的不羈公子才意識到不對勁，但最讓她不解的還是後面。

「最後那個法寶，怎麼那麼眼熟呢？」

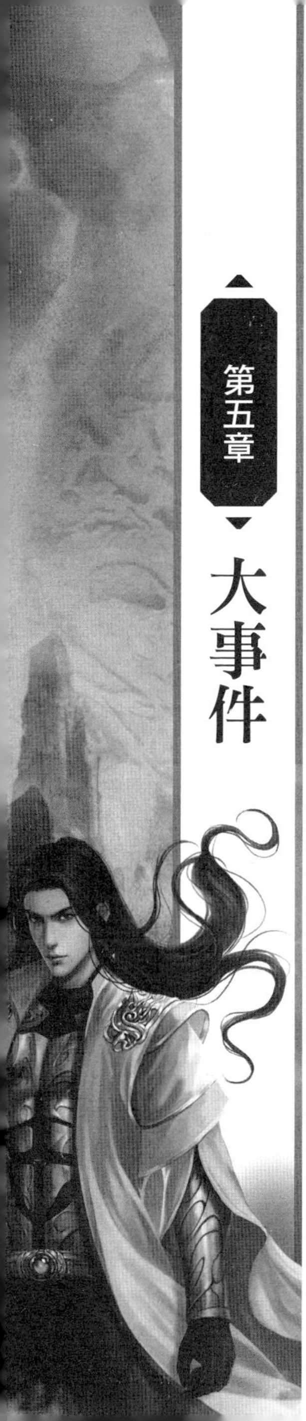

第五章

大事件

混元卵是上次在忘憂齋的時候宗主給的，是沈鳳書力戰仙機寶錄和九星位的時候送給他恢復精力用的，當時不羈公子一直就在場，也親眼看過沈鳳書使用混元卵，眼熟太正常了。

「就是忘憂齋宗主送我的那個混元卵。」沈鳳書笑著回答道。

這也是兩人當年甜蜜的回憶之一，沒什麼可隱瞞的。

「混元卵裡面竟然暗藏玄機？」不羈公子這個時候又是一身冷汗，「連渡劫的聖人都能暗算？」

這要是針對自己的道侶，沈鳳書哪裡有聖級的修為，豈不是一暗算一個準？是誰這麼歹毒？難道是忘憂齋宗主？

一代入這個想法，不羈公子立刻就腦補出了許多的細節。比如沈鳳書棋藝太強，威脅到了忘憂齋宗主的地位，所以才會暗中下手。

不過，不對呀！當時忘憂齋宗主給沈鳳書混元卵的時候，正是沈鳳書和仙機寶錄下棋最要緊的時候，而仙機寶錄被副宗主林夢機做了手腳，宗主和幾個大宗師怎麼可能在那個時候自毀長城？

延遲暗算？還是另有盤算？到底是誰在針對自家道侶？

好在自家道侶洪福齊天，這麼強悍的暗算法寶，連渡劫聖人都能暗算的法寶，竟然就硬生生沒上當，卻讓這位渡劫聖人成了代罪羔羊。

也不知道那背後的凶手在得知自己暗算錯了人之後，會是怎樣的懊惱和憤懣，偏偏一腔怒火卻無處可以發洩，想想都讓人忍俊不禁啊！

對了！不羈公子忽地想到了另一件事，忍不住問了出來。

「冰仙子和雪魔女怎麼會和你結伴而行？」不羈公子是真不知道沈鳳書和冰仙子雪魔女的關係，沈鳳書之前也沒說過他們的關係，不羈公子是真的好奇。

要知道，冰仙子雪魔女可不僅僅是因為名字中帶著冰雪，還有另一個重要的原因，就是她們在外面待人接物始終冷冰冰從不假以辭色，才會有冰雪的稱呼。

這樣兩個冷冰冰的天才，怎麼會和自家道侶一起在魔洲歷練？

「我姐姐！」沈鳳書也沒賣關子，直接回答道。

「冰仙子和雪魔女是你姐姐？」不羈公子大驚，「親姐姐？」

沈鳳書點頭，不羈公子滿臉的震驚，這也太不可思議了。誰能想到，名動天下的冰仙子和雪魔女是沈鳳書的姐姐呢！是了，冰仙子也姓沈，雪魔女雖然不姓沈，但她顯然和冰仙子是雙胞胎，這就是一家人。

「小白和小青是她們兩個送你的侍女？」不羈公子這句雖然是問話，其實根本不需要回答。

這也完全能解釋為什麼沈鳳書當時一個煉氣小輩身邊就有兩個築基化形的美女蛇，背後有這樣兩個姐姐，完全沒有問題啊！沈鳳書當年還介紹過小白小青是他姐姐送的侍女，當時多問幾句，說不定就能知道更多了。

「你是怎麼遇上了浩渺前輩的？」解答了不羈公子的疑問，沈鳳書反過來詢問起不羈公子來。

按道理，不羈公子平常沒什麼事情的話，不會主動去昊天門的，以她自由不服管束的性子，恐怕更喜歡在下九洲或者中九洲閒逛尋找機緣。

「昊天門發生了兩件大事，邀請各派前去觀禮慶祝，我跟著師祖一起去的，沒想到入了浩渺前輩法眼，單獨指點了一番。」不羈公子一番話就解釋了緣由。

「大事？」沈鳳書一愣，急忙問道，「昊天門發生了什麼大事？」

「先不說大事，冰仙子也鬧出了好大的動靜。」

不羈公子忍不住翻了個身，坐在了沈鳳書身上，居高臨下的俯身看著沈鳳書說道：「你姐姐兩年前一舉突破，渡劫晉級，成就五百年來最年輕的出竅級高手。雪魔女也是同時晉級，不過無極宗是派了其他長老去慶祝。」

「親手斬殺數個聖級傀儡和十數個準聖傀儡，早該晉級了。」沈鳳書點了點頭，一點都不意外。

在魔洲的時候兩個姐姐就已經能隨時突破了，還是夜師祖強壓讓她們不要在魔洲突破。

兩個姐姐回歸之後，沉澱感悟了半年才渡劫突破，沈鳳書已經覺得夠慢了。

不羈公子滿臉的羨慕，要是她也跟著去，豈不是也能親眼見證一下那些大場面了，真是可惜。

早知道就該一直陪著這個冤家，自己矜持個什麼勁，錯過了多少機緣？

不過，這也只是想想而已，人家親姐弟組隊歷練，自己加進去算什麼？又不是沈鳳書的夫人，只是個道侶而已，到時候面對兩個姐姐也彆扭。

「姐姐這都不算大事？」

見不羈公子有一會沒說話，沈鳳書忍不住問道：「那兩件大事是什麼？」

「第一件就是超級大事。」不羈公子這次雙眼都在放光，「昊天門一位久未現世的太上長老，姓劉，終於邁出了那一步。劉前輩就在現場度過了飛升劫，只等再守候宗門二十年，就會破界飛升。」

姓劉的長老？不用問，那肯定是劉前輩了。之前的電影裡沈鳳書可沒放出劉前輩的身影，不羈公子不知道也正常。

「大場面啊！」沈鳳書也不由得有些懊惱，早知道會錯過這種大場面，自己就該先偷偷待在昊天門等到劉前輩飛升之後再來無常谷。

「是啊！」不羈公子興奮的附和道，「各大宗門都派了有頭有臉的長輩去觀禮，我這次也是趕上了，不虛此行啊！你這是什麼表情？」

沈鳳書一臉肉疼的表情，讓不羈公子看的十分不爽，忍不住捶了一下沈鳳書的胸口。

「虧了啊！」沈鳳書是真的肉疼，要是自己當時也在場，且不說能見識一下飛升劫，說不定在劉前輩渡劫的時候還會有什麼其他的大好處，可惜自己不在，全都落空了啊！

「的確！」不羈公子聞言也點頭認可，「真的是錯過了好大機緣啊！」

「第二件呢？」沈鳳書搗著被不羈公子小拳拳捶了一下的胸口，強忍著心痛，繼續問第二件大事。

「這第二件，真真是開天闢地頭一遭」不羈公子並沒有直接回答，反倒是深呼吸了好幾口，這才認真地說道，「浩渺仙子在劉前輩渡劫之後，現場宣布，為感謝多年來各方照顧和包容，昊天門這些年來特意將宗門所有修行典籍整理收集，存放在宗門的藏經閣當中，從即日起，上九洲所有宗門，各宗都可以推薦優秀弟子，入藏經閣研讀學習，昊天門絕不藏私。」

昊天門圖書館終於開館了？沈鳳書對此倒是相對平靜，和錯過了劉前輩飛升劫相比，這個消息對沈鳳書的震撼力度小了太多。

「另外，各宗弟子如果有什麼疑問，盡可以找昊天門多位前輩請教指點。」不羈公子強壓下自己的激動，「我就是當場就被浩渺仙子選中，有什麼修行疑問盡可以找她請教。」

原來如此！昊天門招收各大宗門研究生這就開始了？

顯然這是浩渺仙子對自己的另一個回報了，指點自己的道侶。

只是，沈鳳書有點不解，浩渺仙子又不是不知道自己的情況，為什麼不指點小蠻？

是了，不羈公子剛剛才說，只針對上九洲的宗門，小蠻在的歸元宮，只是中九洲的一個中等宗門，還不夠資格。

「還有嗎？」沈鳳書伸手摟住不羈公子，將她擁在懷中追問道。

圖書館有了，研究生招生也有了，學術期刊什麼時候出現？

「還有？這事情還不夠大嗎？」不羈公子在沈鳳書懷中也不改她活潑的性格，掙扎了兩下才說道，「都要捅破天了。你不知道，當時在場的各家宗門的長輩，議論聲差點就掀翻屋頂了。」

這麼大的事情，絕對能引起天下震動的，沈鳳書一點都不懷疑。

「我是說，天玄宗呢？」沈鳳書笑問道，「天玄宗一直和昊天門都是針鋒相對，他們沒什麼動靜？」

「天玄宗倒是沒有什麼長輩渡劫飛升之類的，但天玄宗也對神門宣布了各宗可以推薦弟子到天玄宗的圖書館翻閱天玄宗典籍，天玄宗長老也可以指點各宗推薦弟子。」不羈公子掙扎扭動了兩下，找到了一個舒服的姿勢，舒坦地貼在沈鳳書身上，慢悠悠地說道，「感覺就好像兩邊商量好了一起宣布一樣，連日子都是同一天。」

當然是商量好了的，不然能這麼湊巧嗎？

「總感覺天玄宗沒有前輩渡劫飛升，聲勢上好像差了一籌。」沈鳳書琢磨一番說道，「天玄宗能這麼吃這個啞巴虧？」

「渡劫飛升的前輩哪裡那麼容易遇上。」不羈公子享受的閉上了眼睛，「聲勢上也許吃虧了，但這邊過幾年劉前輩飛升之後，可就少了一個坐鎮高手，兩邊誰贏誰輸還說不定呢！」

「有道理！」沈鳳書贊同道。撫摸著不羈公子光滑的玉背，好一會之後才問道，「浩渺前輩讓妳來找我，是有什麼吩咐嗎？」

「沒有！」不羈公子哼哼了兩聲繼續閉著眼睛享受，「只是知道我想見你所以指點我你的行蹤，老師給了一點點小建議。」

說完這些，不羈公子忽地想起了什麼一般，猛地直起身來，瞪大了美目看著沈鳳書激動地問道：「你在魔洲殺死的那個大傢伙，是玄武嗎？」

當年不羈公子在無極宗找到一些記錄，說有人用四象煞氣更改了體質，提升了修行資質，最終得以能夠渡劫飛升。

之前兩人出行救出龍見心那次，其實就是去找四象煞氣之一的青龍煞氣的。

看電影的時候只顧著沉浸在「劇情」中，不羈公子忘記了分辨那頭大怪獸的身分，這會忽然想了起來，那個身形樣貌，分明就是傳說中的玄武啊！

「是玄武沒錯。」沈鳳書笑著回答道，又伸手將不羈公子拉下來擁著。

「那只要玄武化煞，你就只剩朱雀煞氣了。」不羈公子是相當為沈鳳書高興，眼看著四象煞氣已經收集其三，成功在望，不羈公子太高興了。

只要沈鳳書集齊四象煞氣，更改了資質，再也不會是原來那個資質低下的修士，再也不會被人嘲笑根骨，修為還可以突飛猛進，多好的事情。

「嗯，只差朱雀了。」沈鳳書自己也有些略微的心動。

儘管沈鳳書此時已經完全接受了資質無法改變的事實，可四象煞氣這邊還有那麼一點點的希望，讓沈鳳書也忍不住有點覬覦那微不足道的可能性。

至於哪裡去找朱雀煞氣，兩人誰也沒頭緒，沈鳳書還沒能氣運強大到這邊需要什麼，轉眼馬上就有人送上門的地步。

不過，兩人卻是誰也沒有氣餒，就沈鳳書這個運氣，說不定哪天走在哪裡一彎腰就有了呢，誰知道呢？

「你在這裡做什麼？」

不羈公子這個時候才想起來追問沈鳳書在這裡的緣故。

「本來是按照浩渺前輩的指點，來無常谷引蛇出洞的。」

沈鳳書把他藉著無常谷祕境打算誆出暗算自己的幕後真凶的計畫全盤托出：「順便幫著無常谷解決一下無常祕境的麻煩。」

無常祕境之前是有麻煩，但現在既然祕境已經被無常谷完全控制，那也就不用擔心什麼，放心大膽和不羈公子說就是了。

「還有這事？」

不羈公子又精神起來了，本以為無常谷早就控制無常祕境了，結果還是在小道侶的幫助下才剛剛搞定，這大八卦，哪怕給聽風閣也能賣個好價錢啊！

道侶開心了，沈鳳書少不得拉著不羈公子參觀了一下自己的樹姥姥園林莊園，享受一下比混元卵還要強悍的康復療養大宅。

然後不羈公子就在現代化大莊園的游泳池裡，穿著一件性感的比基尼，化身一條美人魚，愉快的暢遊起來。

也只有不羈公子這種離經叛道的，才敢穿比基尼這種在那些老夫子們看來大逆不道合該被浸豬籠的禁忌服裝，絕美的面孔加上絕好的身材，配合堅強的獨立氣質，讓沈鳳書一度懷疑自己是不是已經夢回地球。

當然，很快就不是不羈公子一個人敢了，只要小白小青和小狐狸精們知道，除了小白可能會有點傳統之外，小青和小狐狸精們絕對願意化身維密超模給自家老爺來一場維密大秀。

可即便以小白的傳統保守，恐怕沈鳳書在看維密大秀的時候，也是半躺在小白的蛇尾床上盡情享受。

這些女人，已經快要把沈鳳書寵上天了。

「浩渺前輩建議讓妳找到我之後做什麼？」一邊欣賞著美人魚，一邊喝著化龍乳液拌八寶靈仙茶做成的奶茶，沈鳳書一邊問道。

「前輩已經認我做宗門編外弟子，讓我稱呼她老師。」不羈公子在游泳池中興奮的游了個來回，「你也可以跟著我叫老師。」

我早就叫了！沈鳳書心中暗暗嘀咕一聲，口中卻是答應道：「老師讓我們會合後做什麼？」

「老師說，既然混元卵是忘憂齋宗主給你的，也許和忘憂齋有關。」不羈公子笑道：「說你要是願意的話，回忘憂齋搞點動靜出來，或許能引出更大的魚。」

去忘憂齋調查，無可厚非。搞點動靜出來，好像問題也不大。就這麼定了！

「那我們什麼時候出發？」沈鳳書問道。

「隨時可以出發。」不羈公子現在只要和沈鳳書在一起就好，完全不在乎去哪裡，聞言好奇地問道，「你想好怎麼搞出動靜了嗎？」

「去忘憂齋，還能是什麼，當然是下棋了。」沈鳳書笑道，迎著走出應用池的不羈公子，遞給她一杯「奶茶」。

不羈公子下意識的接過，一口喝下去，當場變色，瘋狂行功煉化一番，這才長出一口氣。

算了，不問這是什麼東西了。沈鳳書身上好東西太多，隨隨便便拿出來的就是這等直接提升資質狂漲修為的天材地寶，喝就是了，問的太多，說不定都不敢喝了呢。

等到不羈公子和沈鳳書一起出現在小白小青眾女面前，不羈公子這才發現，眾女個個都有了極大的變化，之前她是因為和小賊道侶戀姦情熱，眼中只有沈鳳書，忽略了其他人而已。

幾年不見，小白頭上長了個小角，小青頭上頂著一團肉冠，雖然化身為人這些特徵都不是特別明顯，但以不羈公子的眼裡還是能看出來的。

小白小青的變化意味著什麼，不羈公子一清二楚。蛇化蛟，這已經走出了關鍵的一大步，只等修為有成，順利走蛟化龍了。

其他小狐狸精們看起來一個個煙視媚行變化不大，可不羈公子卻是知道的，她們之前全都是因為沈鳳書的緣故，修為掉落回了築基境界，這才幾年，就又回到了金丹巔峰，簡直不可思議。

想想師祖李長生的嫡親重孫女李依霜，也是廢掉修為重新來過的，李長生花了多少天材地寶滋補，到現在也不過才是築基巔峰，整整差了一個大境界。

好在不管是小白小青還是小狐狸精們，對待不羈公子的態度一點都沒有怠慢，完全就是以夫人的待遇頂格伺候的。

特別是小白小青和小美，三個人很正式的請不羈公子上座，然後恭恭敬敬敬茶，饒是不羈公子堅持只做道侶不做夫妻，但這態度卻讓她心理滿足到了極點。

一時間，就連沈鳳書這個渣男一腳踏好幾隻船的行徑也被不羈公子拋在了腦後。

等到再次雙修功法啟動的時候，不羈公子愕然的發現，小道侶的神識已經強大到讓她無法判斷到底是什麼境界。

不羈公子全方位被沈鳳書的神識絲裡外包裹，放開身心盡情地享受著沈鳳書的神識按摩，只是一次修行，就感覺自己的境界壁壘已經搖搖欲墜。

這不僅僅是神識雙修的結果，還有以及不久之前浩渺仙子的指點，更重要的是之前那一杯奶茶的功勞，將不羈公子這段時間的修行積累徹底激發了出來不說，還直接提升了不羈公子的資質，等到這一趟雙修結束的時候，不羈公子元嬰巔峰境界已經徹底穩固。

如此的修行速度，讓不羈公子自己都震驚。按照年限算的話，豈不是可以和冰仙子雪魔女比肩了？

當然，肯定是略有不足的，冰仙子雪魔女現在已經是出竅期境界，而且還是在魔洲壓著境界等了一年出來之後才晉級的，可不羈公子已經很滿足了。

修為的突飛猛進，似乎就是和沈鳳書結實之後開始的，等到確定了關係合體雙修之後，直接起飛啊！

「你現在神識修為到底是什麼境界？」等到雙修完畢，不羈公子從那種玄妙的狀態中恢復過來，第一句話就忍不住問沈鳳書。

「不知道。」沈鳳書直接搖頭，在不羈公子難以置信的目光中，沈鳳書隨口解釋道，「我的識海中還有許多不屬於我的沒煉化的神識碎片，也許只能等全都煉化之後才能確定境界吧！」

這倒不是沈鳳書在胡說八道，此刻沈鳳書識海中還沒有煉化的星球實在是太多，總數不下六七千，全都是血魔的第二元神分散形成的，早已經被抹除了自我意識，現在就等著沈鳳書排班煉化了。

當然，最可怕的還是那顆銀心黑洞，沈鳳書連碰都不敢碰，也許等煉化的星球足夠多了，沈鳳書才能感悟到更進一步的煉製手法，進而煉化黑洞。

既然浩渺仙子也讓沈鳳書搞事情，那沈鳳書也就不客氣了，一路上也不再隱藏，亮明了身分，大搖大擺的直奔忘憂齋。

忘憂齋的大宗師回忘憂齋，沒問題。

好幾年沒有出現的沈探花，尤其是兩年多前還曇花一現的出現了一下，引發許多猜測。現在人這麼光明正大的出現，不知道引起了多少的爭論。

走的不快，但也不慢，沒兩個月的時間，一行人就趕到了忘憂齋。

忘憂齋山門值守的弟子，歡天喜地的迎回了宗門最年輕最具盛名的大宗師。哪裡有什麼狗眼看人低，只有滿頭滿臉的崇拜。

原先分派的小院還在，輪值長老是親自帶著沈大宗師過來的，聽著沈鳳書客氣的道謝，輪值長老都有種引以為榮的感覺。

「小白小青小美，你們境界也差不多了，不如就在忘憂齋，把境界提升一下吧！」在自己的小院中安頓下來，沈鳳書張口吩咐眾女。

不是要搞事情嗎？到達當場就有二十多金丹集體晉級元嬰，這個總可以算得上聲勢更浩大了吧？

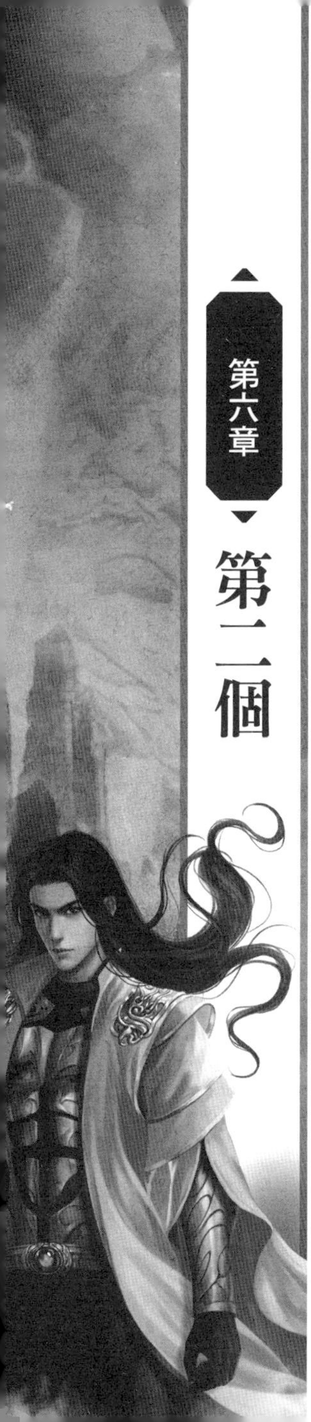

第六章

第一個

眾女這段時間裡，其實都已經到了突破的邊緣，只是沒有一個很好的機會突破，沈鳳書讓大家在忘憂齋突破造聲勢，眾女立刻毫不猶豫的執行。

哪怕只是為了給自家老爺爭一個面子，眾女也不容許自己失敗，何況這麼長時間以來，各種大補之物滋養，姜老頭山老頭龍見心這樣的高手指點，還有自家老爺每天的書畫功課帶來的靈氣沖刷，晉級完全沒有意外。

可惜，金丹化嬰並不用經歷天劫，所以儘管晉級的人數不少，可並沒有帶來聲勢更浩大的天劫，略有些美中不足。

不過，哪怕沒有天劫，二十多個金丹齊齊的化嬰，帶來的靈氣震動也足以讓整個忘憂齋的目光全都匯聚過來了。

直到緣由之後，眾人盡皆驚訝。二十多個金丹齊刷刷的晉級，修為均衡到如此的地步，世所罕見。

驚訝之餘，更多人卻是不知道該如何形容自己的心情。大家都清楚，沈鳳書資質差天下聞名，靠著不知道多少靈藥祕法才硬生生的給「抬」到了金丹境界，一個金丹，竟然周圍伺候的全都是元嬰，上哪說理去？

不是沒有一些身分優越的二代，才開始修行的時候，就有築基高手隨行，但除非自己修為大幅度提升，否則沒人敢輕易把金丹高手這般作踐，跟別說元嬰高手了。

但那些人，哪一位長輩不是名動天下的高手？沈鳳書憑什麼？就憑他有一個魔尊的夫人？還是憑他忘憂齋大宗師的身分？

好像……靠這兩個也沒什麼不行。反正人家現在就是有數十個元嬰服侍，不服不行。

回到忘憂齋的第一天，沈鳳書就搞出來不小的動靜，引得忘憂齋上下齊齊咋舌。

胡宗師早已經聞訊趕來，一起來的還有胡宗師那個杏妖弟子。沈鳳書喜歡吃杏子，這也是雙方交流的一個契機。

一番客氣之後，小白收下了胡宗師送的數百顆杏子，沈鳳書和胡宗師手談一局，胡宗師也知道了沈鳳書回忘憂齋的目的。

等胡宗師離開，忘憂齋內部立刻掀起一陣狂潮，無數人奔走相告，沈大宗師又發現了一種全新的定式，想要在忘憂齋和諸位大宗師交流切磋。

和這個消息相比，其他什麼同步仙機寶錄棋譜之類的小事情就已經完全不值一哂。

忘憂齋一個個都是棋痴，一個全新的定式，還要加上最年輕的傳奇大宗師，這兩點足夠讓整個忘憂齋都睡不著了。

蔣大宗師當晚就找上了沈鳳書，他是操持了一天宗門事務之後剛放鬆就找過來的，見面第一句就是急切的詢問：「新定式可是真的？」

「自然！」沈鳳書趕緊回答道。

蔣大宗師當年還是挺照顧自己的，沈鳳書態度也很熱情。當然，一進門就問新定式，蔣大宗師也是個不折不扣的棋痴。

「能否等兩天再公布？」聽到肯定回答，蔣大宗師臉上也是壓抑不住的喜悅，但還是小心的詢問了一句。

不等沈鳳書問為什麼，蔣大宗師主動解釋起來：「我忘憂齋已經許久沒有如此盛事，多等兩天，也能讓更多愛棋之人趕來，相信他們是不會願意錯過的。」

「弟子全聽大宗師安排。」原來是打算召集更多人，沈鳳書完全沒有問題，事情能搞多大搞多大，人多更好。

蔣大宗師目的達到，歡天喜地的就想走，沈鳳書趕緊挽留，隨口問道：「不知道宗主可在，弟子回來總要拜會一下宗主本人。」

「宗主兩年多之前就開始閉關，一直到現在還未出關。」蔣大宗師倒是不以為意，飛快回答道，「你且安心交流切磋，等定式收錄，如果到時候宗主還未出關，我等用祕法喚醒宗主。」

送走了蔣大宗師，沈鳳書和伏羲分析了一下，今日裡好像從忘憂齋這裡看不出什麼異常。不管了，走著看便是。

蔣大宗師操持之下，沈鳳書又發現一種全新定式的消息迅速的傳了開去，立刻引起一陣軒然大波，不知道有多少愛棋之人瘋狂趕往忘憂齋，希望能夠親眼見證沈探花全新的定式面世。

在圍棋界，現在沈鳳書是一騎絕塵獨孤求敗，正如沈鳳書自己所說，從未有一敗。如果沈鳳書是圍棋界的探花，現在根本就找不到狀元和榜眼在哪。

忘憂齋可不是簡單的宣傳有個新定式，蔣大宗師順勢將沈鳳書發布新定式也納入到了全新的一次棋會之中。這棋會就如同佛門的法會，講棋論道，看來忘憂齋是有儘量擴大影響力的企圖。

這一趟忘憂齋是真的把沈鳳書當成是最尊貴的大宗師，各種超規格的待遇不要錢一般的送上來，要不是知道沈鳳書不喜歡特別熱鬧，恐怕他這個小院會迎來送往絡繹不絕。

即便如此，每天也有一位大宗師上門來請教。哪怕每一位大宗師都對那個全新定式好奇不已，但這段時間都沒有開口，只是和沈鳳書下一局棋，了解沈鳳書棋路，也讓沈鳳書能指點一番。

都知道沈鳳書下棋厲害，前來請教的大宗師們也全都是火力全開，想要在沈鳳書這裡贏個一目半目，再多也不敢奢望。只不過，想法不錯，結果卻無一成功。最好的一位，也只能堅持到一百四十多子，就不得不投子認負。

也就是說，這些年沈探花四處遊歷，各種遊玩，並沒有丟下棋藝，隨隨便便還是能把忘憂齋的大宗師們調教的明明白白。無非就是忘憂齋並沒有比大宗師更高的身分，否則沈探花一定是拿更高一層的第一個。

「考校我的棋藝？還是想要確認我是不是我？」沈鳳書從下棋當中看不出來哪一位大宗師有問題，只是暗暗的琢磨道。

或許並不是大宗師們的問題，而是某個不起眼的傢伙。畢竟沈鳳書和大宗師們的每一局棋，都是有專人在玄素堂坐隱院大棋盤上復現的，看的人多了，誰知道是哪個心懷叵測？

現在嫌疑最大的就是宗主，正好在這個時間閉關？而且大概計算閉關的時間，恰好就在烏魔修被混元卵暗算左右，這就不得不讓人多心了。

蔣大宗師管理的忘憂齋井井有條，甚至因為沈鳳書的緣故，有一點蒸蒸日上的趨向。雖然棋會組織的倉促，卻也有條不紊，除了短時間內湧來的人有點多之外，其他的一切正常，如期開辦。

新定式的講解還是在玄素堂，滿座大宗師和有名的宗師，稍微差點的就不夠資格進玄素堂，只能在坐隱院的大院子裡聽著。

沈鳳書還從未意識到，自己已經是圍棋界的頂級巨星，已經有了一大堆的粉絲。

當沈鳳書出現在玄素堂，準備開講新定式之前，還沒等他開口，眾人就轟然起身，隨後就是齊刷刷的問候：「沈大宗師好！」

無論在座是白髮蒼蒼，還是紅妝素顏，此刻看著沈鳳書就如同看著前輩師長一般的尊敬。

不光是玄素堂裡面齊聲的問好，遠遠的還傳來坐隱院那邊的聲音，隔了一會，就連堂院之外也傳來了齊齊的問候聲，卻是那些沒資格進入玄素堂坐隱院的棋手們，坐在外面的，也齊聲問候。

此起彼伏的問候聲連著響了好幾個波次才算完，饒是沈鳳書並不如何的看重自己的棋藝，此時也被這些棋手們這並沒有提前說定卻不約而同的問候所感動。

不羈公子和一眾侍妾侍女們更是仰望著不遠處站在玄素堂最前面的那個她們看著從少年一步一步走到現在的身影，滿眼的迷醉。

等眾人坐定，沈鳳書沒有廢話直入主題：「這是我最近研究的一種新定式，我稱之為大雪崩。」

隨後，沈鳳書開始在棋盤上講解。這次沒有李大宗師哪種吹毛求疵之人，所有人都是正襟危坐聽沈老師上課，講解的十分順利。

沈鳳書從大雪崩雛形講解到大雪崩外拐取地和外拐取勢，又講解到吳清源提出的內拐變化，最後講解到現代的大雪崩和簡明大雪崩的變化，從頭到尾，聽課眾人都在安靜聆聽，同時在自己手邊的小棋盤上跟著落子分析。

隨後，沈鳳書還邀請了胡宗師一起，按照大雪崩的定式開局，指點了其中的靈活變化，眾人聽的如醉如痴。

「這種定式在棋盤上的展開，往往呈現出一種如自然界雪崩一般的壯觀景象。通常從一個棋子開始，逐漸引發連鎖反應，一連串的棋子像是被雪崩所裹挾，迅速占據棋盤上的大片區域。這種迅猛地擴張和如雪的覆蓋，我琢磨了一番，稱為『大雪崩』。」等到最後，沈鳳書才總結了命名的緣由。

至此，新定式的講解完成。

玄素堂全場起立，報以潮水一般的掌聲，隨後是坐隱院的掌聲，以及更遠地方的掌聲，熱烈的掌聲足足持續了半炷香的時分，這才漸漸的稀疏，終至不聞。

不用眾人質疑是不是新定式，這掌聲已經說明了一切。

大雪崩定式，正式出現在這方世界。

熱鬧的場面持續了一天一夜，宗主卻依舊未出關。不得已，蔣大宗師和一眾長老帶著沈鳳書一起來到宗主閉關的所在，按照祕法打出一個個法訣，試圖喚醒宗主。

只是，幾次喚醒毫無反應，蔣大宗師終於變了臉色。在和長老們商量過之後，眾人齊齊出手，破開了宗主閉關的屏障衝了進去，一眼就看到了端坐在地的宗主。

「宗主！」眾人七嘴八舌的叫聲中，沈鳳書的心卻猛地沉了下去。

忘憂齋的宗主，此刻彷彿已經成了一個毫無意識的軀殼，和當年被暗算的烏魔修，何其的相似？

一群忘憂齋長老都不知道發生了什麼事情，還在那邊試圖喚醒宗主，可始終不得要領。

沈鳳書的目光，則是在尋找類似混元卵的法寶殘渣。如果宗主的遭遇和烏魔修一樣的話，那一定有一件類似的能夠快速恢復精力的法寶他經常使用。

想想也正常，如果自己不是有一件更好的，會把混元卵這樣的法寶輕易送人嗎？

這裡是封閉的閉關處，平常沒有風，所以即便法寶化為飛灰，也會有些許痕跡留下。

果不其然，沈鳳書第一時間就在宗主的身前看到了一小灘和地面幾乎同色的細灰。只不過還沒等沈鳳書有進一步的動作，蔣大宗師飛快的掠到宗主身邊的動作帶起的微風已經把那一小灘細灰瞬間吹散。

這是著急宗主不小心？還是故意的？沈鳳書心中泛起了低估，但臉上卻不動聲色，只是仔細的關注著眾人喚醒宗主的表情和動作。

一番七手八腳手忙腳亂的折騰之後，眾人終於確定，忘憂齋的宗主此刻已然是元神渙散，只剩下一個毫無神智的肉身了。

因為宗主修為夠高，身體能夠自行吐納吸收靈氣，所以肉身還有生機，但沒有元神，只是一個空空的軀殼。

也正因為如此，眾人無法判斷宗主是什麼時候元神消散的，唯一能確定的就是，之前的閉關所在十分的嚴密，並沒有打開的跡象，不存在有賊人從外面進入暗算宗主的可能。

要麼是一開始就有高手在內部，要麼就是用的什麼高明的神識攻擊手法，要麼就是借用宗主自身的法寶反戈一擊，不會再有別的可能。

只有沈鳳書心中暗嘆，其實已經有人猜中了事實，可惜，那點法寶的灰燼也已經被吹散，卻是一時半會都找不到證據了。

此時此刻，沈鳳書一句廢話也沒有，靜靜地看著。別看他在棋藝上是冠絕天下的大宗師，可在忘憂齋宗門事務上，沈鳳書連開口置喙的資格都沒有。

群情激憤中，就有人猜測會不會是上次林夢機的餘孽。具體是誰，恐怕還要仔細的甄別一番了。

「仙機寶錄。」沈鳳書終於開口提醒了一句，「對方會不會是衝著仙機寶錄來的？」

一句話提醒了眾人，以蔣大宗師為首的一眾長老們，馬上開始檢查仙機寶錄。更新收錄棋局的功能是沒問題的，眾人開始一個個和仙機寶錄下棋，看看棋路是不是正常。

甚至於沈鳳書也和仙機寶錄對了一局，輕鬆擊敗，單從棋路和棋力來看，好像仙機寶錄的器靈並沒有什麼變化。

一時之間，眾人好像也沒有了頭緒。這麼多人拜訪閉關的宗主，沒有後續，消息是肯定瞞不住的，而且忘憂齋也沒有打算隱瞞。

自家宗主在閉關的時候被暗算，總要找一個合適的目標成功報復，才能彰顯上九洲宗門的威嚴，否則別人只會當你是軟柿子。

林夢機餘孽是最好的代罪羔羊，當即就有長老在棋會上宣布了宗主被襲擊這個噩耗，發誓忘憂齋一定要將林夢機餘孽連根拔起碎屍萬段。

「沈探花，當年宗主還送過你一件法寶，你還帶在身上嗎？」沈鳳書和眾人一籌莫展間，有人好像想起了什麼，出聲問道。

宗主元神也被吸收，可見宗主自身的嫌疑已經變得無限小，成了受害者其中的一個。沈鳳書等的就是有人關注這些，現在誰問相關的問題，誰就有一定的嫌疑。

「是啊！」蔣大宗師也想起來了，「宗主當時送了你一件混元卵，讓你日常恢復精力的。」

「去了一趟魔洲，使用混元卵的時候被魔洲的高手發現，出手強搶了去。」沈鳳書面不改色心不跳地回答道，「弟子修為不足，沒搶回來，現在也不知道在哪裡了。」

除了被搶走是謊言，其他的都是真話。當然，沈鳳書其實也知道混元卵現在哪裡，可他還不想暴露。

「你去了魔洲歷練？」蔣大宗師大驚，「你哪裡拿到的附骨疽？」

「就從李大宗師手裡。」

沈鳳書一臉的苦笑，把一個倒楣蛋演繹的入骨三分：「好在有位前輩指點，讓我過去之後就一路隱姓埋名躲躲藏藏，等到合適的機會立刻返回，這才逃了一命。」

眾人大驚，李大宗師手中竟然有附骨疽？隨即全都恍然。

如果不是拿到了附骨疽不得擺脫，李大宗師怎麼會變得那般的偏激，連小輩也針對，毫無一個堂堂大宗師的氣度，原來如此。

可當時知道了又能如何？誰還能替李大宗師走一趟不成？也就是沈探花修為低，根本不知道魔洲的恐怖，一拍腦袋就過去了，現在能安然返回，只是丟了一件混元卵的法寶，已經算是死裡逃生，不幸中的大幸了。

「你倒是好命。」蔣大宗師也不得不佩服沈鳳書居然能全鬚全尾的從魔洲返回，忍不住又問道，「只被搶走了混元卵嗎？」

「何止！」沈鳳書一臉的憤慨，「無極宗李長生李聖人送我的九鼎歸元酒，也被搶奪一空，還有蔣大宗師送我的那個小天地種子，也被搶走，說是要煉化他的小天地法寶。攏共我身上好東西沒幾件，全都糟了毒手，幸虧那傢伙愛下棋，我才僥倖逃得一命。」

「小天地種子也被搶了？」蔣大宗師當即驚問，彷彿聽到了什麼不可思議的事情，但隨即馬上意識到自己失態，趕緊找補了一句，「那種子雖然難以煉化，但一旦煉化催生的小天地卻是厲害異常，可惜了。」

沈鳳書心中一凜，蔣大宗師有問題。

無極宗九鼎歸元酒名動天下，而且還是特別針對沈鳳書這種修行資質差的人提升根骨所用，沈鳳書還特意說在前面，可蔣大宗師只關注他送的小天地種子。

另外，小天地種子難以煉化，沒人煉化過，可蔣大宗師怎麼知道煉化之後的效果？這豈不是自相矛盾？只能說明，當年送沈鳳書這枚小天地種子，本身就有不可告人的目的。

如果算上之前吹散那攤細灰，蔣大宗師心中有鬼八九不離十。

心中警惕著，沈鳳書表面上卻是不動聲色，只是附和著蔣大宗師的話：「誰說不是來著，心疼死我了。」

「你和他下棋，就沒想著贏回來？」蔣大宗師有點不死心地問道。有些細節一定要確定，否則就麻煩大了。

「談何容易！」沈鳳書一臉的心有餘悸，「那傢伙隨便一瞪眼，氣息就能壓的我瑟瑟發抖，能贏回一條小命就已經是僥天之幸了，還敢貪那些身外之物？」

眾人倒是不以為意，紛紛出言安慰。

沈探花以區區金丹修為，能進魔洲又安然回來，的確已經是撞了大運，再奢求其他，實在是不現實了。

蔣大宗師好像也只是隨意閒聊，若無其事的跟著安慰了幾句，把這個話題錯過去了。

眾人又開始尋找其他的蛛絲馬跡，連帶檢查宗主的隨身法寶，並且商量宗主的肉身軀殼該如何處置。

沈鳳書卻開始和伏羲一起暗自回憶起當時蔣大宗師和自己的接觸細節，試圖分析其中有什麼不對勁的地方。

從蔣大宗師手中，沈鳳書不但拿到過小天地種子，還拿到過元初九鼎。不過元初九鼎對方顯然是沒當回事，上面沒什麼手腳，已經安然坐鎮稱心天地。有問題的，看來就是小天地種子。

宗主雖然暫時沒什麼嫌疑了，但他後來參與煉製的棋陣局法寶分明帶著限制，也不知道存著磨礪晚輩的心思還是另有所圖，總之，得想辦法盡快煉化棋陣局了，不能留下一點的首尾。

這麼多人當中，沈鳳書一行是嫌疑最小的。

一來沈鳳書的修為太低，二來他常年不在忘憂齋，而且大家也慢慢知道，沈鳳書加入忘憂齋也只是圖一個上九洲的宗門弟子身分，對忘憂齋的內部權勢並無覬覦，不管是誰，都沒把宗主的事情和沈鳳書牽扯上關係。

就算宗主和沈鳳書在很久之前曾經單獨接觸過，可憑著沈鳳書區區金丹修為，還能將宗主如何嗎？笑話！

在忘憂齋待了幾天，沈鳳書也不願意繼續窩在忘憂齋當中，和蔣大宗師招呼一聲，蔣大宗師爽快的放行。

接下來忘憂齋肯定要重選宗主，沈鳳書在圍棋界聲望太高，真要是留著反倒是會有波折，還不如讓沈鳳書離開，維持他超然的身分。

這一趟，除了給沈大宗師在圍棋界的履歷上增添了重重的一筆之外，在忘憂齋也就是拿到了老朋友的幾百顆杏子吃，別的再無其他。

不過，沈鳳書卻很滿意，至少找到了一個蔣大宗師有問題，想來這發現絕對有助於兩大宗門找到更多線索。

「我們先去一趟昊天門，把最近發生的事情告訴老師。」離開忘憂齋，沈鳳書就和不羈公子說明了行程，「然後，我們就去找我的前世金丹舍利。」

有些事情，該讓身邊人知道的也差不多到時候了。芷青魔女早就知道了，她是第一個。浩渺仙子夜師祖劉前輩等人也知道了。不羈公子可能心中有猜測，那就不讓她胡思亂想，直接告訴她。

「我現在還有個昊天門編外弟子的身分，也可以在昊天門的藏經閣中查一查，哪裡有朱雀煞氣。」不羈公子聽到沈鳳書的坦白果然很開心，一臉的喜色，笑盈盈地說道。

昊天門編外弟子？明明就是外校考入昊天大學的研究生嘛！

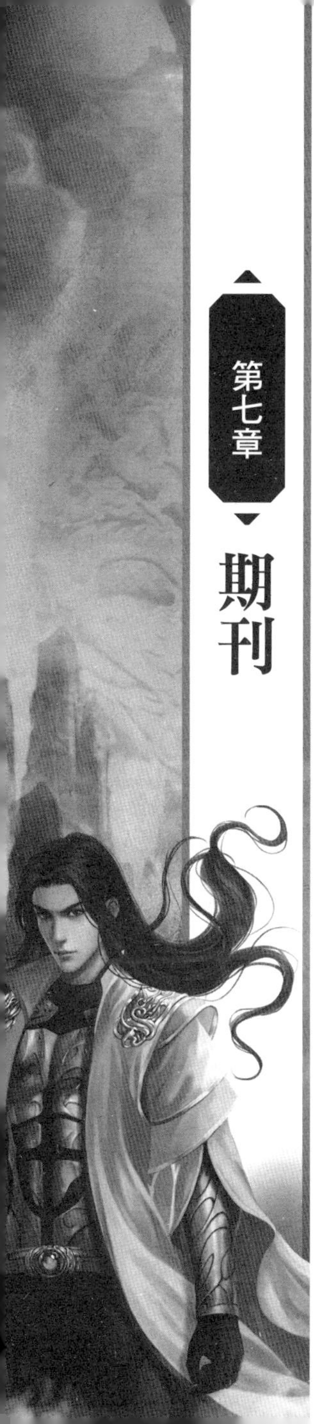

第七章

期刊

沈鳳書並不想在忘憂齋大明大亮的對付蔣大宗師，因為他的證據暫時無法說服其他人。

誰會相信他能在聖級高手血魔的攻擊下安然無恙？誰會相信混元卵還能暗算一位魔洲聖人，而沈鳳書自己卻平安無事？

除非沈鳳書想要直接滅了忘憂齋，否則在忘憂齋動手是最愚蠢的事情。

另外，沈鳳書還不知道兩大宗門到底查出來多少，就算沈鳳書能揪出忘憂齋裡針對自己的蔣大宗師，可宗主被暗算又是怎麼一回事？是只有忘憂齋宗主一個人受了同樣的暗算，還是有更多人被暗算，背後是不是還有更複雜更龐大的黑手團隊，這都需要兩大宗門找出來。

不過，具體怎麼說，先和浩渺仙子見面再說。

夜師祖那邊，沈鳳書現在也不知道該是個什麼心情。

一行人還沒離開離開忘憂齋，忘憂齋就對外宣布，某個忘憂齋宗師身為當年林夢機餘孽，伙同其他人，一起暗算了閉關中的忘憂齋宗主。

忘憂齋是唯一的一個不是靠著修為排座次的宗門。宗師地位比大宗師低，可修為未必比大宗師低，能暗算宗主並不意外。

主謀已經成擒並供認不諱，國不可一日無主，軍不可一日無帥，忘憂齋偌大宗門，也需要一個頂門話事之人，諸位長老決定，就在長老和大宗師當中，選擇一位德高望重眾望所歸之人，出任忘憂齋宗主，主持今後忘憂齋事務。

如果說單純的圍棋界的聲望，現在沈探花肯定是最高的，一個人數局嘔血譜，兩個全新定式，直接把這方世界的棋藝大大推進，生平下棋從未有一敗，尤其是在知情的大宗師們心中，更是如陸地神仙一般的存在。

沈探花要是加入競選，說不得會有一大半的宗師大宗師斟酌考慮。

好在沈鳳書根本沒那個意思，打算主動離開，避開那個漩渦，剩下的人，自然是八仙過海各顯神通，沈鳳書不想要那個位子，可有的是人惦記。

上九洲忘憂齋的宗主，什麼時候出去，到哪個宗門，也是能被當成上賓的。

為此沈鳳書離開之前還得到了「外派研究生」資格，成為忘憂齋今年推薦到昊天門的優秀弟子，可以名正言順成為和不羈公子一樣的「昊天門編外弟子」。

沈鳳書早就有昊天門客卿長老的資格，這個什麼編外弟子根本無所謂，但不羈公子對此樂見其成，並且十分開心。兩人都是昊天門編外弟子，多有意思。同窗師姐弟，還是道侶，這不比什麼強？

既然道侶很開心，那沈鳳書也就愉快的接受了。不光沈鳳書愉快不羈公子愉快，就連忘憂齋的不少大宗師和長老們都很愉快，忘憂齋上下心懷著一種只要沈探花離開一段時間，回來就有一個新定式的美好祝願，歡天喜地的隆重歡送沈探花及其道侶「畢業」，走向更高的「學府」深造。

離開了忘憂齋的沈鳳書可不想再關注這些蠅營狗苟的事情，陪著美人周游天下不香嗎？

「沈郎，在玄素堂那個時候你可真威風。」不羈公子早把什麼宗主遇害的事情拋在了腦後，依偎在沈鳳書懷中，衝著沈鳳書一陣感懷。

看起來有點不怎麼關心忘憂齋，是不是有點不合適？又不是無極宗主被害，忘憂齋和不羈公子有一毛錢關係嗎？就算自家小道侶的宗門，可明顯小道侶不想多沾染是非，她才不會主動為小道侶惹煩惱。

沈鳳書去忘憂齋，從頭到尾都是不羈公子操持的，包括慫恿李長生舉薦，到一入忘憂齋二入忘憂齋三入忘憂齋，全都是不羈公子全程陪同全程見證，這是獨屬於不羈公子的美好回憶。

唯一一點不好，就是附骨疽是從李大宗師這裡得到的，沈鳳書去魔洲卻沒帶自己一起去。當然，不羈公子也知道，沈鳳書肯定是擔心自己危險，關心自己，雖然不是夫妻，但這種關懷還是讓不羈公子心中溫暖。

獨立女性，也不會排斥愛人的溫柔呵護啊！

沈鳳書是很高調的離開，一路上毫不掩飾去昊天門的動作，反正忘憂齋已經宣布了沈鳳書是推薦弟子，沈鳳書也根本不打算偷偷摸摸，就想看誰會跳出來。

路上，沈鳳書不忘記沿途找聽風閣布衣齋的人打聽這幾年的大事。結果，兩個消息宗門異口同聲，最大的大事，就是兩大宗門的新舉措。

說起來，昊天門和天玄宗這道門神門兩大宗門這一件「招收研究生」的大事，著實是在修行界引起了軒然大波。且不說招收別家宗門的優秀弟子這種替別人培養人才的小事，藏經閣對外開放，這才是真正的大事情。

這個時代，誰家有點本事有點絕活不是隱瞞生怕別人學了去，生怕教會徒弟餓死師父，多少手藝都是傳子不傳女，尋常師徒傳藝留一手更是比比皆是，也不知道造成了多少的技藝失傳。

可昊天門天玄宗卻忽然間反其道而行，放開藏經閣讓別家宗門弟子瀏覽，雖然名額有限，但推薦的人選卻是各家宗門自己選的，兩大宗門並沒有否決任何一個。換句話說，如果某個宗門派出一個心懷叵測的弟子進去，說不得能竊取無數兩大宗門的修行機密。

但偏偏兩大宗門似乎毫不在意，各宗哪怕派出自家傳功長老都無所謂，只要付出對應的宗門貢獻，同樣可以翻閱，和兩大宗門自家弟子別無二致。

這胸襟，這氣度，哪怕是一些敵對的宗門，也不能不雙手伸出大拇指嘆服。

除了忘憂齋這些棋痴們，基本上整個上九洲這兩年就全都在關注兩大宗門的大動作，想要知道兩大宗門到底會不會說話算話。

然後，各大宗門推薦的弟子，進了兩大宗門，成了編外弟子。兩大宗門一不限制行動，二不限制翻閱，只要滿足條件，和對待自家弟子如出一轍。

那些推薦弟子們一段時間回到宗門，各家宗門還如臨大敵一般的檢查半天，生怕自家弟子被下了隱藏禁制或者蠱蟲，結果一番查驗下來，連禁制的影子都沒有，蠱蟲更是無稽之談，反倒是他們從自家弟子口中，知道了不少昊天門藏經閣當中的典籍。

更讓這些宗門驚訝的是，昊天門也好，天玄宗也好，好像說好了一般，全都開始了一種全新的修行研究模式。

一般宗門哪怕是上九洲的大宗門，針對入門弟子也不過是由一些築基弟子指點引導，可兩大宗門這次卻各自多了成千上萬篇至少是煉虛級高手撰寫的針對修行的基礎問題研究的文章，兩大宗門稱之為「論文」。

基本上，涉及到基礎修行的那些最基本的原理，五行屬性，陰陽二氣，各種罡煞，丹器陣符，幾乎是應有盡有。以煉虛級高手的理解，正面反面犄角旮旯當真是無所不包。總之就是兩個字，系統。

系統的研究，系統的總結，系統的分析，橫向縱向，由內而外由外而內，深入淺出鞭辟入裡，在那些剛入門的修士眼中，恐怕這一篇篇論文，就是一篇篇的絕世祕籍啊！

兩大宗門的入門弟子，剛入宗門就要系統的學習這些論文。而各宗編外弟子翻閱過這些基礎論文之後，一百個裡面有九十九個都恨不能當場廢掉修為重新來過。

原來這些最基礎的東西，竟然裡面包含了這許多的學問，當年煉氣築基之時，如果能全面學習一番如是論文，自己現在的修行也不會出現此時的境況啊！

這世上，又有哪個人的修行是完美的？還不都是一路磕磕碰碰一路修修補補跌跌撞撞才走到這一步的嗎？誰修行過程中沒有一些遺憾，沒有一些失誤？

如果早知道，又怎會如此？

兩大宗門，這是開創了一個修行之先河啊！哪個宗門的煉虛級以上的高手，不是日日夜夜琢磨著自己的修行，反而是做這些最基礎修行的研究？

一旦兩大宗門的弟子都是這般從頭培養，而其他各宗卻還是老法子，用不了兩代人，別說附之驥尾，恐怕連尾燈都要看不到了。

兩大宗門本就強勢，如果說之前兩大宗門是一甲進士及第，各大宗門好歹也能算二甲進士出身，可真要這般發展下去，未來各大宗門恐怕連三甲同進士出身都不如，根本就沒有殿試資格，最多也就算個未中舉的秀才了。

這還了得？

正當各大宗門紛紛討論琢磨，他們各家是不是也該如此操作以便跟上兩大宗門的步伐時，兩大宗門也及時的為其他宗門送上了又一個大消息。

昊天門和天玄宗，接下來將會每月發行幾種月刊，涵蓋道法術人丹器陣符等等修行的各方面，之前的那些基礎論文，將逐一在這些月刊上分門別類發表，各宗門也隨時可以花費一些靈石來訂閱，隨時閱覽。

兩大宗門還特意強調，有些東西不用他們重複研究，基礎的東西也就那麼多，各方還是可以琢磨自己擅長的東西。如果願意，甚至可以向兩大宗門的月刊投稿，也會有豐厚的稿酬。

沈鳳書聽的津津有味，這學術期刊，不就順理成章的推出了嗎？就是不知道會不會有類似SCN的頂刊，分別叫什麼名字。

兩大宗門這麼一搞，沈鳳書還是很有成就感啊！

看起來，兩大宗門是一心想成為當之無愧的領袖宗門，想讓宗門千秋萬載了。現在做的這些，已經足夠讓兩大宗門成為修行界人人嚮往的宗門了，也讓其他別家宗門的優秀弟子看到了一個能夠更上層樓的通道。

當所有修士都把「讀研」當成向上通道的時候，兩大宗門也就成為事實上的領袖宗門，高高在上了。

這不是光靠著實力的壓制，而是以德服人，就連敵對宗門也不得不伸出大拇指讚嘆一聲「服」。

只是不知道之前沈鳳書提過的那些標準，兩大宗門會怎麼推行。不過這不著急，去了昊天門，總能打聽清楚。

在修行界這等大事的陰影之下，其他的一切都不算事。兩大宗門公開基礎修行研究，這完全可以說是公開無上祕籍，誰不等著絕世祕籍，唯恐落在人後，旁的人和事，誰會多關注？

大家其實都在等，等著看那個馬上要面世的神一樣的月報到底是不是真的，會不會真的把兩大宗門的研究成果公開。如果驗證為真，哪怕傾家蕩產，修士們大概也願意訂閱一份。

法地侶財，排名第一的就是法，兩大宗門公開的這些，就是最正統的修行之法。多少散修還在千辛萬苦的搜尋一點點零散的術法，為了一門殘缺不全甚至隱患極大的功法打生打死，兩大宗門卻已經奢侈到要公開正統的修行法門，哪怕不是直接面對普通修士，卻也讓全天下的修士們看到了一點希望。

在全天下修士的心中，恐怕昊天門天玄宗是真的成了他們心目中的理想國。

不用多，全天下只要有一半修士這樣認為，那兩大宗門的地位從此就會牢不可破。

這種氛圍之下，沈鳳書一行波瀾不驚的趕到了昊天門。來過一次，所以沈鳳書熟門熟路的駕車駛過了百里緩衝區，趕到了昊天門南山門。

「他們就這麼讓你進來了？」看著昊天門迎客弟子敬若上賓一般的將沈鳳書一行帶進了貴客安頓的小院，甚至連忘憂齋的推薦資格都沒亮出來，不羈公子忍不住瞪大了眼睛。

不羈公子的身分也沒有亮，可昊天門的迎客弟子彷彿認識沈鳳書一般，那種畢恭畢敬的態度，讓不羈公子都快看傻了。什麼時候昊天門這些鼻孔朝天的天之驕子們，會這般的禮遇沈鳳書這種修為資質差到滿天下皆知的人了？

「自從上次在那爛陀寺山門寫了一篇經文之後，我去任何一個宗門，都是這般的待遇。」沈鳳書笑著回答道。

那爛陀寺山門，《心經》，不羈公子想到了那個典故之後，異常的無語。估計再沒有哪家宗門願意成為沈鳳書下一篇經文的背景板，以上賓之禮接待恐怕都嫌怠慢了，生怕小道侶不滿意。

難道沈鳳書就不會才盡詞窮？有這個可能，但哪個宗門願意拿自家宗門的名聲來賭呢？無非就是禮敬一下，惠而不費，何必要冒險？

不羈公子倒是沒想到，如日中天的昊天門，竟然也對自家小道侶如此的禮遇，心中隱隱一陣驕傲。

是了，可能還有沈鳳書姐姐冰仙子的緣故，大半個自己人，再高的禮遇也是肉爛在鍋裡，何樂而不為呢？

本以為這就是極限了，可不羈公子還是小覷了沈鳳書在昊天門高層心目中的地位。

不問緣由，先請到貴客院中招待安置好，連來意都不問。沈鳳書還沒來得及說是要找姐姐，也沒說自己要做編外弟子，那邊昊天門的一位外事長老就已經主動上門。

「沈探花在我昊天門，一應事宜，盡予方便。」外事長老這邊見了面，立刻就給了最大的便宜。

按照不羈公子的理解，這句話似乎再說，自家小道侶在昊天門想做什麼就做什麼，想去哪就去哪，隨意。

這也太不可思議了吧？

不光是給了這個口頭上的方便，外事長老甚至還專門留下一位元嬰期的弟子，負責引導沈鳳書在昊天門內的一切事宜，就是專門引路招待的。

「我想見見冰仙子。」沈鳳書也沒客氣，馬上想見見姐姐。

「冰仙子渡劫晉級，這兩年都在外面追查一件隱密之事，不在宗門。」外事長老好像知道沈鳳書會有此一問，想都不想的直接回答道。

姐姐不在，那沈鳳書也沒辦法，只能退而求其次，說道：「我想去宗門藏經閣看看。」

「沈探花隨時可以進出。」外事長老幾乎要拍著胸脯保證了，「藏經閣一切典籍，沈探花隨意翻閱。」

不羈公子當場就瞪大了雙眼。

編外弟子想要看藏經閣的典籍，還需要用宗門貢獻來兌換。這一點倒不是昊天門有意為難，而是和昊天門弟子一樣一視同仁。本來不羈公子已經準備好了一些，還想著要幫小道侶兌換一些典籍，結果藏經閣對小道侶不設防？隨意翻閱？

就算不羈公子在無極宗，恐怕也沒有這樣的權限。至少一些比她修為高兩級的功法，她就暫時沒有權限觀看。當然，這不是設防，這是宗門怕弟子好高騖遠眼高手低設置的一個限制，修為到了自然開放。可小道侶不過區區金丹，難道也能隨意翻閱昊天門的聖級典籍？

或許是知道自家小道侶修行資質差，所以並不怕他看任何的典籍，反正都修行不了，只能修煉最基礎的鯨吞譜。一定是這樣的。

不羈公子已經想著是不是應該先帶著小道侶去見見老師？這禮遇太超過了，

過分的有點不合適，至少見過浩渺仙子之後，再要是有什麼不恰當的動作，昊天門上下也應該能諒解吧？

只是，還沒等不羈公子帶沈鳳書去見浩渺仙子，那位負責帶路引導的元嬰就已經先行一步領著眾人趕了幾天路之後，來到了昊天門藏經閣。

這是昊天門外圍的藏經閣，昊天門地盤太大，光是藏經閣就有不下十幾處，分散在幾個區域中。裡面的典藏基本都一樣，都是高手複製了原本玉簡之後存放的，真正的原本都在宗門核心區域的那個最核心的藏經閣當中。

當然，外圍的典籍也不太全，至少聖級的典籍，外圍藏經閣就沒有。但這已經足夠滿足外圍修行的所有弟子的需求了。

在藏經閣外面，沈鳳書抬頭看了看巨大的藏書樓，忍不住一陣點頭。昊天門家大業大，典籍眾多，這規模比沈鳳書自己的圖書館大出十數倍有餘，這還只是一部分，改天去最核心的藏經閣去看看，一定很壯觀。

對於不羈公子來說，更大的驚喜突然間就降臨。

劉前輩，就是那位李長生帶著不羈公子來昊天門觀禮渡劫的那位聖人劉前輩，已經度過了飛升劫卻要在宗門守候二十年的劉前輩，忽然間就出現在不羈公子面前。

「見過前輩！」不羈公子雖然號稱不羈，那是在外面，在宗門裡可是知書達理的，見到大前輩，立刻禮貌問候。

自己問候完，不羈公子還不忘記拉著小道侶沈鳳書一起行禮問候。

沈鳳書給面子，禮數上毫無瑕疵，問候前輩嘛，應當應分的。

「小沈來了？」劉前輩一開口，就把不羈公子嚇了一跳，這麼隨意的稱呼？對自家小道侶？

「還沒恭喜前輩。」沈鳳書也是笑呵呵的打招呼，一點都沒有小輩見到大前輩的拘束。

「託你的福。」劉前輩也是笑著一陣感慨，「如不是你魔洲那番格局之言，我也走不出這一步。想要查閱什麼典籍，我來幫你。」

劉前輩當年魔洲熱心為人排憂解難，以為是紅塵煉心，結果卻是被不知不覺的算計，落在雞毛蒜皮的小格局中自誤多年，沈鳳書一朝解惑，劉前輩回來就堪破了境界，可喜可賀。

不羈公子差點要驚叫了，自家小道侶還指點過飛升前輩？再遙想自己當年也是因為找小道侶解惑才有相識，忍不住為自家小道侶驕傲起來。了不起的小道侶！以及了不起的自己的眼光。

沈鳳書知道這些聖級高手們的行事方式，從心所欲，不拘一格，反正自己是小輩，直來直往就行，當下直說。

「找朱雀煞氣？」劉前輩絲毫不覺得驚訝，他可是眼睜睜看著沈鳳書摔死那頭玄武的，有了玄武找朱雀，不奇怪，自己想了一會，才回答道，「我倒是沒什麼印象，不過你放心，我找幾個老傢伙，他們應該有點線索。」

這麼簡單？不羈公子又是一陣的無語。劉前輩答應幫忙，還要找幾個老傢伙幫忙，他找的老朋友是什麼級別？可以說，朱雀煞氣的下落已經算是板上釘釘了。小道侶的面子也太大了吧？

「還有一件事要麻煩前輩。」既然遇上了，沈鳳書能多使喚就多使喚，招呼不羈公子拿出了龍牙飛劍，「上次遇上過一件龍族身體煉製的法寶，前輩您幫忙看看，這氣息熟悉不熟悉，是不是認識？」

鎮壓龍見心的縛龍索可是帶著龍珠的，那肯定是有一條真龍被弄死了，不羈公子和小鸞的兩件法寶總要見人，說不得就會被龍族盯上，沈鳳書得把危險扼殺在襁褓之中。

死了一條真龍？劉前輩的臉色也不由得嚴肅起來，伸手接過了龍牙飛劍，細細探查起來。

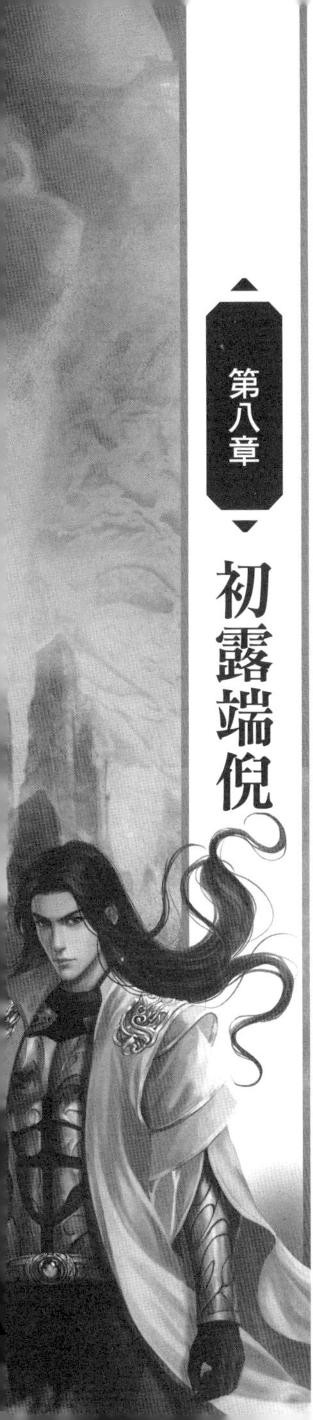

第八章

初露端倪

是真龍氣息肯定是沒錯的，一整顆龍牙煉製的飛劍，十分精巧銳利，雖然煉製的程度還低，但材料是頂級，未來成就不可限量。

「這是你的道侶？」劉前輩探查真龍氣息之前，還不忘記詢問一下沈鳳書和不羈公子的關係。

「是晚輩的道侶，無極宗不羈公子，也是浩渺老師收的宗門編外弟子。」沈鳳書立刻把不羈公子的身分詳細的介紹了出來。

劉前輩上下打量了一下不羈公子，目光中透露出一絲玩味。小沈探花可是有一個魔尊夫人的，全天下皆知，這轉眼就又多了一個道侶？

年輕人，玩的挺花啊！

不羈公子被浩渺仙子收了做編外弟子？顯然是看在沈探花的面子上。如果是剛開始聽說沈探花的時候，劉前輩肯定對沈鳳書的事情根本不會理會，可現在，如果浩渺仙子不收徒，說不得他也有興致收下沈探花的道侶。

「你這飛劍煉製的還略有欠缺，正好遇上了，老夫也沒個什麼見面禮，順手幫你煉製一下，你也別嫌差。」劉前輩笑呵呵的招呼了一聲。受了沈鳳書點撥，總要還一些人情因果的。

不羈公子直接被嚇了一跳，飛升前輩幫忙煉製法寶，自己還敢嫌差？趕忙客氣的道謝，就差大禮參拜了。

眼看劉前輩就站在藏經樓前面，一邊和沈鳳書聊天，一邊探查真龍氣息，一邊煉製龍牙飛劍，周圍來來往往的昊天門弟子，好像沒看到他們三個一般。就連那個負責帶路的元嬰弟子，此刻也恰到好處的消失，不敢耽擱宗門前輩的談興。

「應該是白龍一族。」一會工夫，劉前輩基本上已經能確定這顆龍牙的所屬：「龍牙質地緻密，氣息卻又略顯生嫩，是條剛成氣候的真龍。」

龍見心也說過，那是一條小龍的龍珠，這下對上了。

「在哪裡發生的？」劉前輩好奇了一下，「你的顧慮是對的，影響擴大之前，還是先去大庭洲找白龍一族通知一下消息為妙。」

被龍族記恨上可不是什麼好玩的事情。不看龍見心只是靠著魚龍草化龍，又吸收了一顆龍珠，就已經達到了聖級境界，雖然只是堪堪超過準聖，但那也是聖級啊！

連龍見心這種不是純正的龍族都如此的強悍，那純正的龍族該有多可怕？打招呼是應該的。

沈鳳書決定了，從昊天門離開就直接去龍族地盤上解釋一下，否則被人反手把屠龍壯舉安在自己頭上那才冤到家呢。

劉前輩幫忙煉製一下，並不是要把龍牙飛劍煉製到多高級，只是配合著不羈公子的修為境界進行了一下最佳化，並沒有花費太長的時間，就交還給了不羈公子。

飛升級的高手就是不一般，煉製過的飛劍沒有沾染絲毫劉前輩的氣息，上面不羈公子的氣息也一點都沒有減弱，只是將不羈公子力有未逮的部分用飛劍上不羈公子的氣息延伸煉製了一下，堪稱妙到毫巔。

只這麼一下，不羈公子控制龍牙飛劍的流暢度就提升了至少五成，相當於短短半天時間裡，不羈公子的戰鬥力平添一點五倍，簡直讓人驚喜萬分。

「多謝前輩，這可幫了大忙了！」沈鳳書也是一連串的道謝，十分為不羈公子開心。

「朱雀煞氣的事情你別查了，我已經通知了幾個老朋友，有消息就立刻告訴你。」在劉前輩眼中，沈鳳書的道謝就代表認可了他回報點撥之恩，同樣也非常開心，直接把朱雀煞氣的事情也包攬了。

沈鳳書當然放心了，一個勁點頭。

既然主要的查詢目標有人代勞了，那沈鳳書和不羈公子也不著急到藏經閣翻閱那浩如煙海的典藏，還是直接找浩渺仙子把忘憂齋的事情告訴她，也順便看看兩大宗門到底查到了哪一步。

劉前輩一直把沈鳳書一行送進了昊天門核心區域，這才放心離開。

「你怎麼不讓劉前輩指點一下修行，卻讓他幫我煉製飛劍？」不羈公子等劉前輩離開，才略帶著急地問道。

飛升級高手啊！這麼好的機會，不讓前輩指點修行，白白把人情浪費在自己的本命飛劍上，實在有些浪費。飛劍什麼時候不能煉製？無非就是她自己多耗費點時間，可飛升級高手的指點那卻是可遇而不可求的啊！

「不用擔心這個。」沈鳳書輕輕擁住了不羈公子的纖腰笑道，「早已經指點過了。倒是你的飛劍越早圓滿煉製越好，別浪費了機會。」

指點過了？不羈公子想到劉前輩見面就是熟人的腔調，心裡信了九成。剩下那一成不是不信，而是實在有些太過於震撼，小道侶是什麼時候和劉前輩這麼熟的？難道也是因為冰仙子的緣故？

浩渺仙子坐鎮宗門，以不羈公子編外弟子的身分，兩人很輕鬆就見到了浩渺仙子。

「老師好！」沈鳳書和不羈公子恭恭敬敬的問好，稱呼都一樣，不羈公子還以為是沈鳳書跟著自己稱呼呢。

「等到小沈了？」

浩渺仙子先和不羈公子招呼了一聲，這才衝著沈鳳書問道：「這兩年多時間，幹什麼去了？」

無常祕境兩年前就解決了，沈鳳書卻一直沒出現，浩渺仙子也覺得奇怪。

「在無常祕境中發現了一個穩固小天地的法子，把小天地整個的重新煉製了一下。」

沈鳳書對浩渺仙子沒隱瞞，飛快的將自己那段時間忙碌的事情說了一遍。

「我就知道！」浩渺仙子忍不住一陣慨嘆，沈探花這氣運真的是讓人羨慕都羨慕不來啊！穩固小天地的方法，那是說找就能找到的？

「法子其實很簡單。」沈鳳書接著說道。

「別，你先別說。」浩渺仙子直接拒絕，「等需要的時候我們再用別的法子換，現在還是別說了。」

稱心天地有多穩固浩渺仙子很清楚，這樣的情況下還能穩固，那法子絕不簡單。昊天門也不能隨意的占這種便宜。

「如冰已經被我派出去查你的事情了。」浩渺仙子拒絕之後，馬上開始說正事。再不轉移話題，說不得浩渺仙子也要忍不住好奇追問那個法子了。

姐姐親自去調查，那肯定比其他任何人都用心。出竅期的修為也足以縱橫天下，沈鳳書倒是不怎麼擔憂姐姐的安全。

「弟子這裡在忘憂齋，也查到了一些事情。」沈鳳書飛快地將忘憂齋發生的事情說了出來。

聽到忘憂齋宗主也如同烏魔修一般著了道，被人攝取了元神，浩渺仙子頓時間認真起來。之前雖然聽說忘憂齋出了事故，但並不知道具體真相，現在才意識到，這其中不簡單。

忘憂齋宗主這事情，說明至少有兩件類似混元卵的法寶在算計更多人，這已經不是一兩個人針對沈探花的小陰謀，而是波及範圍很廣的大陰謀。

「這些年我們也發現了一些不對勁。」浩渺仙子也把自己查到的東西說了出來，兩邊匯總，「重點是查詢和魔洲那邊出事時間差不多同時出事的人。類似混元卵的法寶也是一個追查線索。」

「上九洲有一個十分精通卜算的高手也是在兩年多之前，正給人占卜，忽然口吐鮮血陷入昏迷，傷重不治。」浩渺仙子說道，「還有一個陣法大師，也是幾乎同時被他的陣法反噬，整個人被陣法煉化成飛灰。」

占卜的時候遇上強大命格可能會被命格反噬，陣法也同樣，可能死的看起來都正常，讓人不會懷疑被人攝取了元神。

「全都是精於計算的。」沈鳳書瞬間就歸納出了相同的特徵。

無論是下棋，占卜，還是精通陣法，都需要精於計算，沈鳳書自己更是下棋冠絕天下，對方搜刮這些人的元神，是要用來計算什麼東西嗎？不管如何，要計算的東西恐怕非同小可。

「你說的那個蔣大宗師，馬上派人去盯著。」浩渺仙子點頭道，「忘憂齋新宗主他的呼聲最高，或許等他成了宗主，會有更多動作，說不定會露出馬腳。」

蔣大宗師修為雖然高，但遇上昊天門這種不講道理的也一點辦法沒有，隨隨便便來個聖級高手盯梢，恐怕他也根本無法發現。說不定成為宗主之後，覺得再沒人能管束，行事放肆，極容易露出破綻。

「凡間的一些名士也調查一下。」沈鳳書想了想，提了一條補充意見，「那些擅長治國的，帶兵的，謀劃的，都查一查看。」

末了，還不忘記補充一下理由：「弟子當年學下棋的時候，可沒怎麼修行，第一局嘔血譜可還是個凡人。」

浩渺仙子一愣，隨即點了點頭。凡人沈鳳書既然都能做出這等奇蹟，那旁人未必就不能，天下之大，無奇不有，也不能忽略凡人的力量。

有了這個活人蔣大宗師，再有一些可以推斷的方向，幕後之人想做的事情已經初露端倪，只要耐心點，順著查下去，總有一天能水落石出。

「一時半會未必能查出全貌，你接下來要做什麼？」浩渺仙子很有效率，馬上吩咐下去，開始幾方面的調查，隨後才問沈鳳書。

「弟子等幾天，等劉前輩幫忙找找朱雀煞氣所在。」沈鳳書老實地回答道，「有了消息之後，去找找我的下一個本命舍利，然後集齊四象煞氣，看看能不能重塑一下修行根骨。」

「也好！」浩渺仙子對沈鳳書的安排也挺滿意，至少沈鳳書沒有好高騖遠，也沒有急不可耐的就要找幕後真凶，沉得住氣，有大將之風。

四象煞氣能重塑修行根骨，說不定真能給沈鳳書帶來脫胎換骨的變化。

至於沈鳳書的安全，浩渺仙子從來不擔心。自從感受到稱心天地那三道高手氣息之後，她就再也沒有擔心過。

接下來，沈鳳書就在昊天門安置下來，等著朱雀煞氣的消息。

不過，沈鳳書總感覺浩渺仙子看自己的時候有一種說不出來的感覺，非常意味深長。

劉前輩並沒有讓沈鳳書等待太長的時間，只用了三天，他就來到了沈鳳書的面前，給沈鳳書帶來了朱雀煞氣的消息。

「太離洲！」劉前輩給沈鳳書帶來了確切的方位，「朱雀煞氣在太離洲的一處所在。」

聽到是太離洲，沈鳳書一點都不意外。太離洲本來就是近乎一個火屬性的世界，各種火山，火系靈物到處都是，朱雀本就是火屬性的神鳥，在太離洲實屬正常，早該想到的。

更巧的是，劍門也在太離洲，也不知道丁劍回去有沒有成功的找到丁叔，有沒有成功加入劍門，認祖歸宗。

或許可以順路去拜訪一下，探個班，就這麼愉快的定了。

第五個套娃則是在中九洲的十川洲，恰好山老頭當年說的那個肥沃的沼澤也在十川洲，順便過去給姜老頭的培育場增加點好東西。

這麼看起來，這一趟出行要做的事情還真不少。

在昊天門多待了半個月，浩渺仙子又親自指點了不羈公子一番。

閒下來的沈鳳書則是一個個拜訪了一下之前出過力的宗門聖級前輩們，一個個道謝。當時用學問換出手是一碼事，過來了以晚輩的身分拜會一下，那又是另一碼事，人情世故上，沈鳳書還從來沒有失禮過。

拜訪的時候，沈鳳書不免又向前輩們請教了一下多個金丹的修行方向，尤其是靈氣和神識的統一方面，得到了不少的指點。

在魔洲的時候，沈鳳書為了吸收那些聖級精血，將自身的金丹分裂，總數多達一百多萬個以上，實力在金丹級的修士當中一騎絕塵，鮮有人能望項背。不過，有一個致命的弱點，靈氣和神識並不統一。

早在去魔洲之前，沈鳳書的神識就已經能夠多重分裂，以釋海昌提供的《八部天龍應化身》為基礎，加上姜老頭的《蘊神篇》補充，沈鳳書能分出多個分神，並將之散布到了各個法寶之上，使得沈鳳書的每一件法寶都有「器靈」，每一件法寶都成了「靈寶」。

可是，分神雖多，和百萬起步的金丹數量比起來，那真的是小巫見大巫。但這並不意味著沈鳳書的神識不夠強，識海不夠強悍，而是識海中超過百分之九十以上的神識碎片還沒有煉化。別的不說，光是銀河系的銀心黑洞加上散布周圍的數千顆恆星，沈鳳書都只能望而興嘆。

煉化的速度太慢了！

除了最原始的神識和最原始的那顆金丹是相融相合的之外，其他的神識和金丹完全不匹配，無論是數量還是質量都是如此。

每一位聖級前輩給出的建議都是神識和和靈氣相合，否則就會失衡，要麼靈氣出問題，要麼神識出問題。

現在沈鳳書還能正常的行動坐臥走，只是因為沒有遇上足夠烈度的戰鬥。一旦開始那種直達聖級的戰鬥，沈鳳書的不協調隱患立刻會發作，甚至為此送命都不意外。

沈鳳書一開始並不知道會有這麼嚴重，但他自己也知道，一百多萬個金丹，絕對是不正常的。所以，回歸之後，雖然沈鳳書每次修行都可以隨隨便便的再多分裂出幾顆金丹出來，但沈鳳書一直維持著之前的金丹數字，一個都沒敢增加。

解決辦法前輩們也都給出了各自的方向，基本上都大差不差，那就是神識和靈氣要正常對應，既不要神識太強，也不要靈氣太強，平衡是最好的狀態。

為什麼最正統的修行就是精氣神的高度統一，說白了也就是肉身和靈氣還有神識要平衡的匹配，因為這種狀況是最穩定的三足鼎立，既不會某一項太強而失衡，也不會某一項太弱而失衡，齊頭並進才是王道。

沈鳳書要做的，就是用足夠長的時間來完成這個平衡的匹配。也就是嚴格的控制每一顆金丹和每一個分神的強度，並且融合《超級分身訣》將身體的每一處細分，達到精氣神的完美平衡。

這需要極其精細的控制。金丹的強度是統一的，每一顆都是同等強度和大小，每一份神識分裂不能太多也不能太少，每一份肉身的分布同樣不能太多也不能太少。

正常的修士，根本就無法做到。只這個高度統一，就足以宣判普通修士的死刑。好在沈鳳書並不是普通的修士，有強悍的伏羲在，絕對能夠保證分神的完美均衡。

並不是說一定要把每一個神識分神都凝結成一顆星球，數千個數萬個甚至數百萬個聚集起來組成一顆大的恆星也無所謂，重要的是，每一個都要分的清楚。

這對沈鳳書來說問題不大，只要在現有的識海星球基礎上稍稍做一點點小改變就可以，甚至不會影響現有的銀河系。

前不久沈鳳書才肉身夯死了玄武血魔，一百多萬顆金丹，靈氣強悍的讓人無法置信，結果轉眼間就變成了一個一碰就會碎的精細瓷器，這巨大的反差讓沈鳳書難受的差點吐血。

好在總歸是有解決方案，不至於一直持續著瓷娃娃的狀態。反正只要不動用靈氣應敵就好，大不了，沈鳳書還是用肉身強推，這滿天下的修士，又有幾個的肉身能和玄武媲美？

小白小青和小狐狸精們這幾天可是開了眼，跟著自家老爺見一個是聖級高手，再見一個又是聖級高手，連見十幾個，估計把普通修士這輩子能遇上聖級高手的機會全用完了。

就這自家老爺還說只是一半，至少還有一半在天玄宗，暫時不碰面，下回再去天玄宗拜訪，讓眾女聽的簡直要抓狂。

聖級高手是普通修士想見就能見的嗎？問題是，自家老爺還真的是想見就能見，登門拜訪一報名，負責接待的弟子立刻就畢恭畢敬的迎進去，不知道有多威風。

雖然眾女聽不懂老爺和那些大前輩們說的多個金丹的話語，但能在旁邊聆聽聖級大前輩的教誨，也足以讓眾女的信心和驕傲前所未有的高漲了。

不過，每一位聖級大前輩都這麼說，看來應該是自家老爺的修行出了一點點小問題，眾女不免會有些擔心，可轉眼自家老爺聽完指點就如獲至寶的表情，又讓她們也順便開心起來。

看來老爺的問題不太大，短時間內暫時不要動手就好，這並不難辦，眾女每一位都是元嬰級的大妖，這麼多人護著自家老爺遇敵不親自動手那不應該是侍妾侍女的本分嗎？

等到一個個拜訪完聖級大前輩，伏羲已經有了初步的方案。之前已經「駐紮」各個法寶的器靈們不算，剩下的神識，經過伏羲周密的計算，調整了識海地球的大小，使得地球大小的神識和自身金丹巔峰的靈氣以及超精密計算的肉身部位相統一，以此為標準，神識分神一個個的調整，務求一模一樣的量。

問題不大，用不了多長時間，撐死一年半載，沈鳳書就能完美平衡。畢竟一顆太陽就能裝得下一百多萬顆地球，只是分裂出分神比較麻煩而已。

這不算鯨吞譜最新版本的推演，只是在為鯨吞譜七點零做準備，等到神識和金丹能一一對應的時候，就是啟動鯨吞譜七點演化的時刻。

浩渺仙子短短半個月的指點，不羈公子受益良多，只感覺小境界已然鬆動，就差臨門一腳，就能踏進元嬰後期的水準。

懷著對未來生活的美好期待，不羈公子拜別了浩渺仙子，拉著沈鳳書再次踏上了專屬於他們兩人的修行之旅。

計畫中的事情就是那麼幾個事情，已經排好了先後順序，所以大家從昊天門出來，就直奔中九洲十川洲。

「所以你當年被奪舍是因為有那麼一個修士想要奪舍你姐姐不成，自己又受了重傷，不得已只能在你身上打主意，結果又被你父母和姐姐設計徹底滅殺？」

聽到沈鳳書路上將奪舍套娃的事情解釋了一下，不羈公子才算是重新認識了一下自己的小道侶。

難怪沈鳳書的資質根骨如此之差，原來是因為父母使用祕法將最好的資質都集中到了冰仙子和雪魔女身上。難怪小道侶的修為被困在金丹巔峰始終不得寸進，也是因為當時的後遺症。

「那幾世打磨的純淨神識種子，就那麼便宜了那魔女？」再聽到神識種子已經被芷青魔女取走，不羈公子也忍不住替沈鳳書可惜。

早知道是這樣，當年好像自己認識沈鳳書比那魔女還要早，還不如……算了，就算提前知道，不羈公子大概也做不出來強奪旁人神識種子的事情。

魔女就是魔女，不過小道侶說的也沒錯，那麼純淨的神識種子，沈鳳書自己根本就沒辦法煉化，反倒是那些神識碎片能一點點煉化，才有現在的修行境界。

塞翁失馬，焉知非福？一飲一啄，莫非前定？

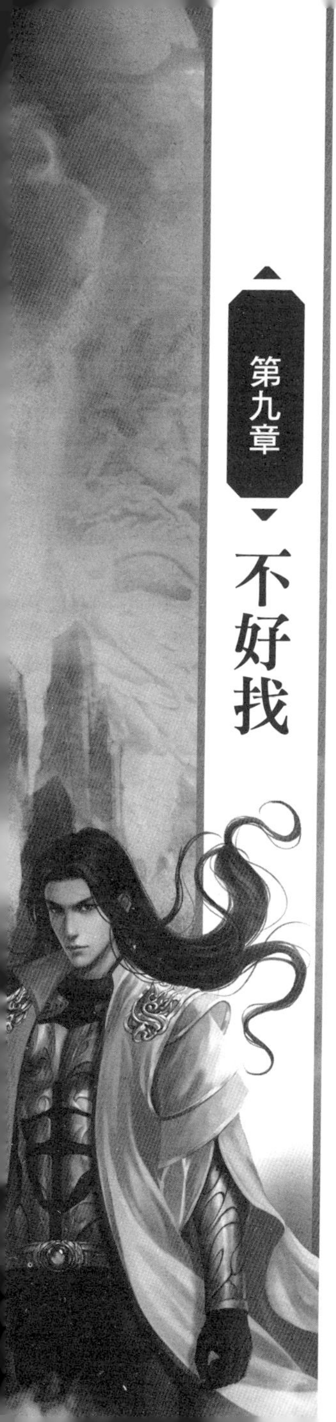

第九章 不好找

進而不羈公子也算是知道了沈鳳書的本命法寶是什麼。
那是那個奪舍幾世的可憐人前幾世的金丹舍利，因為最後一世被沈鳳書煉化，以至於前幾世的金丹舍利天然的成了沈鳳書「本身」，根本不需要煉化就是天然的本命法寶的材料。
沈鳳書這種際遇，不羈公子就算是發揮最大的想像力，在知道謎底之前，也想像不到。這也太神奇，太玄妙，太過於匪夷所思了。
但有一點可以肯定，沈鳳書每拿回一世的金丹舍利，修行就會提升一大截。
就連不羈公子也忍不住開始期待，如果那個奪舍的傢伙要是正好奪舍輪迴了九世，沈鳳書要是能拿回九世金丹舍利，是不是就可以直接打破金丹巔峰的限制，修為一飛衝天？
帶著最熱烈的期盼，不羈公子恨不能比沈鳳書更快找到第五世的金丹舍利。
一行二十多人，除了沈鳳書這個金丹巔峰之外，其他最差的也是元嬰初期，這樣的隊伍，行進在中九洲地面上，也是一股舉足輕重的力量，等閒沒多少人敢輕易的捋虎鬚。

哪怕一眼看過去全都是美女，也沒人敢隨意招惹。

很快，沈鳳書等人就來到了十川洲。

十川洲的名字由來，是因為這個大洲上有幾十條貫通大洲的大河，從中央分別在幾個方向上流入周遭的大海，是故命名為十川洲。

但除了這些大江大河之外，還有幾川，是在十川洲北部的六七座巨大的冰川。整個十川洲，縱貫寒帶溫帶熱帶，高原平原盆地丘陵應有盡有，雪山雨林森林沙漠草原沼澤同樣也是樣樣不落，同一個大洲上生活的居民，卻有著眾多的生活方式和習俗。

當年山老頭的分身一個人遊歷的時候就來過這裡，還發現了一個十分肥沃的無人沼澤，號稱是給姜老頭的「土特產」。

沈鳳書和不羈公子的第一站就是這個沼澤。能被山老頭說肥沃，那一定不是簡單的肥沃，順路收取了再說。

以眾人的修為，趕到地頭不費吹灰之力。對於凡人來說，這是生命禁區，但對元嬰級的高手來說，那就是經過的一處美景。

「是不是山老頭搞錯了？」小美看著地面上近乎光禿禿的爛泥潭，忍不住沒大沒小的問了出來。

山老頭說是十分的肥沃，可眾人看到的只是一片不毛之地，別說大樹了，就連生命力旺盛的灌木小草都沒幾根。

沒有植物，動物也就十分稀少，偶爾看到的也只有一些動物的骸骨，千里方圓，基本上全都是這種狀況。

「只是表面！」沈鳳書不會懷疑山老頭。

山老頭往那邊一站，最差最差探查的也是深入地下數十丈數百丈的深度，整片區域，肯定是極其肥沃，不知道積累了多少年的富饒黑土地，只是最表面表現出來是鹽鹼地而已。

沈鳳書完全相信，對於姜老頭來說，鹽鹼地改造絕不是多難的事情，重要的是這片爛泥潭下方隱約深處的十分純正的土屬性靈氣，不用問好東西都在下面。

「姜老頭，你的菜。」當年山老頭說的就是給姜老頭帶的，沈鳳書也沒有越俎代庖，直接叫姜老頭出來打包山老頭的禮物。

不羈公子就眼睜睜的看著地面上忽然出現一片濃郁的樹林，將整片爛泥潭籠罩，沒過多久，千里方圓的一片沼澤連同地下一百多丈泥土就徹底消失，原地留下了一個深深的巨坑。

天空中開始下雨，無數的雨水連同流經的小河流開始往這個巨坑中匯聚，用不了多久，這裡就會變成一個全新的巨大湖泊，或許有人會覺得這是一片海，沒人會知道這裡不久之前還是一片爛泥潭不毛之地。

「無羈，這是姜老頭，這是山老頭，這是龍見心。」

沈鳳書之所以順便將這處肥沃沼澤收取，就是為了讓不羈公子也見見姜老頭山老頭和龍見心：「這是我的道侶，不羈公子，也叫無羈。」

都是自己的女人，不能厚此薄彼，姜老頭他們幾個小蠻見過了，芷青魔女見過了，不羈公子也得見見。

不羈公子一直對浩渺仙子十分放心沈鳳書的安全不解，直到此刻，她才知道為什麼。自家小道侶身邊有這麼可怕的三個超級高手，還擔心什麼不長眼的魑魅魍魎？

這一下，不羈公子也算是知道了當年的驚世福地沈鳳書到底是怎麼收取的，簡直和之前收取那處沼澤如出一轍啊！

「會打牌嗎？」姜老頭仰著長著鬍子的鮮嫩面孔抬頭看著不羈公子，大大刺刺地問道。

不羈公子下意識的點點頭。

「來幾圈！」姜老頭立刻來了興致，嘩啦，麻將桌立刻就擺了出來，山老頭和龍見心也坐到了牌桌邊。

不羈公子還沒明白怎麼回事呢，就莫名其妙的摸了風調整了坐席，等到徹底平靜下來的時候，面前已經排好了牌準備開打。

小白擺開了茶桌在旁邊烹茶，小青坐在龍見心身後幫著看牌，小美則是乖巧的站在姜老頭背後小心的按摩著姜老頭肩膀。

只有山老頭不習慣這些，身後什麼人都沒有，但小白的茶水卻是第一個給他送到手邊。

其他的小狐狸精們則是在不遠處吹打起來，清幽淡雅的音樂，讓這麻將牌都顯得十分文雅。

「沈郎！」

不羈公子是真的不習慣，大宗門出來的弟子，面對前輩長輩都十分的恭敬，這場面，實在是讓不羈公子有點彆扭，忍不住叫沈鳳書：「你來打？」

「別讓這小子打！」姜老頭義正言辭的喝斥著不羈公子，「他最近這段時間手氣太壯，不和他玩！」

氣運通天可不僅僅表現在無常祕境中，也表現在日常打牌中，沈鳳書現在已經是牌友們的眼中釘肉中刺，姜老頭他們寧可和小狐狸精們玩也不帶沈鳳書的。

不羈公子總算是明白為什麼沈鳳書敢單槍匹馬帶著姐姐們硬闖魔洲了。這麼可怕的三個高手，一直就在小道侶的稱心天地中，難怪小道侶在魔洲敢一個人單挑聖級的血魔，甚至於還能滅殺，恐怕不是小道侶一個人的功勞吧？

雖然不羈公子的猜測略有些偏差，但沈鳳書願意帶著她認識這些大高手，至少說明她也算是融入到沈鳳書的核心圈子當中了。

不羈公子很開心，很快就恢復了那個獨立自強的不羈公子本色，大大方方不卑不亢，不一會就被三個牌友接納，打牌打的風生水起，流連忘返。

三不五時的，姜老頭山老頭和龍見心還會開口指點一兩句不羈公子的修行，每每總能切中要害，讓不羈公子越來越欲罷不能。

漂亮的道侶沉溺於打牌，可憐的沈鳳書，只能一個人擺開了畫案，開始每天的功課。從天而降的天地靈氣，也成了牌桌上的點綴，大家舒舒服服的享受完，繼續摸牌打牌，舒適愜意。

打牌的忙碌中，龍見心分身拉著的馬車，已經按照沈鳳書的指揮，不緊不慢的來到了十川洲北方的那幾處大冰川中的一個附近。

看著一望無際直接矗立到天邊的數百丈高的冰牆，沈鳳書一陣發懵。

這麼大的冰川，而且每年都在運動中，幾千年前的奪舍套娃，上哪去找？且不說根本就沒有確切的位置，就算有，幾年前下來，隨著冰川的運動，也不知道偏移了多少，上哪去找？

神識強大可以探查到微弱的氣息？開玩笑，這麼厚的冰層，神識透進去能有外面百分之一就已經不錯了，還想找到微弱的氣息？想什麼美事呢？

沈鳳書一個人飄在空中，觀察著冰川下面的山川地勢，想要找到記憶中的奪舍套娃的位置。

可惜，幾千年過去了，滄海桑田，在冰川的擠壓侵蝕下，原本的高山可能已經變成了小土堆，原本的平地也可能變成了山川，早已經不是當年了。

除非讓山老頭出馬，以此覆蓋數百里方圓然後把下面全翻一遍，否則任何修士過來，都只能是一籌莫展！

讓不羈公子陪著姜老頭他們打牌，也是怕她焦急，進而做出一些不理智的事情，還是等到沈鳳書自己研究的有些眉目了再說。

還好，沈鳳書還是多少知道一點點冰川下方地貌的探測知識的，而奈米戰甲的奈米機器人又不止能組成戰甲，還可以組成一些特殊的探測儀器，比如聲波探測器。

戰場掃描系統本就涵蓋聲波超音波的探測，這些也只是子功能而已，輕而易舉。

沈鳳書在空中飛行觀察了一圈，然後開始在方圓千里的地方布置聲波探測器，順便在計算好的位置上布置炸點。以沈鳳書現在的能力，弄出來一批小的精確爆炸輕而易舉，而伏羲精確計算好的位置，能夠讓所有的聲波探測器一次性的將覆蓋範圍內的地貌完整的描繪出來。

布置好數以萬計的炸點，布置好數千個聲波探測器，沈鳳書飛在半空中，開始控制著炸點精準的一個個爆破。爆炸的聲波立刻穿透了冰層傳遞到了地面，又被各種反射回來。

聲波探測器瘋狂的蒐集著數據，然後通過無線傳輸在伏羲這裡匯總，經過伏羲的計算，在沈鳳書眼前呈現出一片詳細的立體地貌圖。

唯一不夠完美的地方，就是地方太大，沈鳳書一次性只能在千里方圓探測，想要知道所有的地貌，需要至少一兩個月的時間。

還好，賢惠的小白帶著幾個小狐狸精出來幫忙，雖然不知道自家老爺弄這些是要做什麼，但她們有一點好，不理解的先不問，照做就是。

有小白她們幫助布置探測器和炸點，沈鳳書的效率高了許多。

每天不停的有炸點響起，總算是讓打牌的幾個傢伙感覺到了好奇，紛紛跑出來看熱鬧。

為此，沈鳳書不得不解釋了一下聲波探測器的原理，反正具體怎麼實現的也不用太多的解釋，只要讓大家知道這是從蝙蝠妖的本能學到的就行了。

這個好玩，一時之間，眾人也不打牌了，以姜老頭這個小老頭為首，興高采烈的幫著沈鳳書布置然後一個個引爆炸點，玩的不亦樂乎。

沈鳳書也得以在短短的一個月之內，就把這片覆蓋了數萬里的冰川下方的地貌徹底的探測出了一個全景。

因為炸點布置的足夠密集，探測器幾乎每平方公里好幾個，所以地貌探測的十分詳細。

眾人是眼睜睜的看著沈鳳書通過一系列的爆炸，在稱心天地的一塊平地上，一點一點的將這片冰川區域給復現了出來。

沈鳳書這個屬於實體沙盤了，稱心天地輕鬆實現，不但下方的地形地貌都是真實的岩層，就連上方覆蓋的冰川帽也是真的冰，不同的是，上方的冰川帽隨時可以飛起來露出下方的地表。

這樣看就太直觀了，一目了然。

眾人看著一陣訝然，雖然聽沈鳳書解釋了原理，可是能如此簡單明晰的展現，還是讓大家嘖嘖稱奇。

不過，這種事情發生在沈鳳書身上，似乎也並不稀奇，大家已經習慣了。

沈鳳書在探測過程中，就已經對比過幾個類似的地形，但卻沒有一個合適匹配的，只能說，經過這數千年冰川的移動和擠壓，原本的地形也發生了顯著的變化。

第五個套娃怎麼會把遺蛻藏在這麼一個不可靠的地方？如果對方不是類似不辨方向女司機的修士的話，那就一定是個迷糊蛋。

藏得 倒是足夠隱密了，隱密到連奪舍後的自己回來都找不到，上哪說理去？

怎麼想的？且不說冰川本就能移動，還可能會影響到冰川下地貌的改變，單說這是個修行的世界，隨便來個修為高點的修士，移山倒海又能有多難？

沈鳳書至少從沙盤上就能看出來，至少有一百二十七八處深深的劍痕，平均持續數百里，交錯縱橫。看劍勢至少有兩個人，也不知道是什麼樣的大能修士在這裡比過劍，戰況太激烈了。

最讓沈鳳書無語的是，當時的戰鬥恐怕不僅僅只是劍氣在冰川下的地面劃出了深深的劍痕，劈山斷嶺什麼的，很可能大片的冰川都曾經在強悍的戰鬥中融化過。

這就麻煩了。第五個套娃可是藏在冰川當中的，冰川要是融化，肉身豈不是要隨波逐流，誰知道會漂向哪裡？更別說山體碎片砸下來，說不定就有直接把套娃遺蛻掩埋的可能。

套娃怎麼就想到把屍身藏在這裡呢？沈鳳書越想越是想不通。

好在套娃記憶的地址有幾處山峰走向和山谷都很清晰，本來還有一個高大的雪峰來著，結果現在沒有了那個最明顯的雪峰做參照物，導致所有的這些地貌記憶都成了擺設。

那個高大的雪峰還是比較明顯的，現在沈鳳書只要找到那處雪峰的痕跡，就能重新推斷出第五個套娃原本所在。

至於套娃還在不在原地，到時候就只能看沈鳳書的運氣怎麼樣了。

符合山峰被斬斷的痕跡也有十七八處，零散分布在上萬里的地方，看來當時戰鬥的修士是邊打邊改變位置，而且速度極快，可能是覺得這裡人跡罕至，所以可以放心出手不至於會引發生靈塗炭吧！

兩個戰鬥的大能之中，至少有一個十分不講武德，對方也只是一劍劈開山峰，一劍切開山嶺，但這個不講武德的傢伙，竟然每次都把山峰崩碎，周圍到處是散落的巨石碎峰。

你們好歹留著那個最高的山峰啊！沒了那個明顯的標記，就不怕迷路？

這個時候就體現出沈鳳書藏書多的好處了，總有那麼一些記錄風土人情的書本當中記錄了這幾片冰川幾千年前的地貌，沈鳳書一邊對照現在的實際地貌，一邊對照某些書籍中記錄的內容，總算是把可疑的位置局限在不到五處。

有時候，沈鳳書也不得不感慨書院還是做了不少好事的。比如書同文，全天下都是一套文字，然後他們推行的傳承有序的歷史記載習慣也讓很多出自書院的修士和士子們願意記錄這些事情，這才有沈鳳書能從古籍和實際相結合排除可能的做法。

不管怎麼說，數萬里方圓變成了五處，每一處不超過千里方圓，這難度已經小了上百倍，該知足了。

「要我幫忙嗎？」山老頭難得的開了口。

只要山老頭願意，往冰川上一趴，用不了多久，冰川下方的一切就盡在掌握。不過，沈鳳書帶著不羈公子出來，卻是來享受尋寶樂趣的，如山老頭這般，哪裡還有什麼搜尋的快樂？

「還是我們自己找吧！」沈鳳書一點不委婉，直捷了當的拒絕了山老頭的幫忙，「尋找也是快樂，也是磨練，你不能剝奪我們的快樂。」

山老頭聳了聳肩膀不置可否，這麼麻煩，有什麼快樂可言？

看山老頭不解的樣子沈鳳書就知道他是怎麼想的，只能說，人類的悲歡並不相通。但明顯姜老頭就覺得有意思，龍見心則是個虛心好學的好孩子，始終跟著看。

不羈公子興致勃勃的跟著沈鳳書研究起來，打麻將雖然好玩，但玩上幾天也得換換腦子，何況小道侶這種上天入地窮搜天下找東西的過程，實在是太新鮮太好玩了。

幾處都是整個山體被強力崩碎的，可想而知當年出手修士的強悍。

沈鳳書和伏羲只能從周圍冰川下散落的碎片來試圖復原原本的山峰，主要是根據體積，這麼多年冰川的沖刷移動擠壓之下，碎片也早已經不復原本的樣子，只能從體積上大概推測原本山體的高度。

眾人你一言我一語的剔除和選擇了半天，終於從五個山峰遺址中選出了兩個。這兩個如果復原，山體高度應該和套娃記憶中的雪峰相當。

隨後就是推測周圍的山勢走向，將那些亂七八糟的劍痕和戰鬥痕跡刨除，並嘗試復原，終於從兩座山體遺蹟中選擇了一座可能性更高的作為主要搜尋目標。

說實話，當年套娃的遺蛻在冰川中藏的再好，藏的再妥帖，架不住整個冰川都融化過一次，怎麼可能還在原來的位置？

刻舟求劍的事情不會在沈鳳書身上發生，確定了初始地，剩下的也就只能是地毯式搜索。

包括姜老頭龍見心在內，眾人人手一個冰上聲吶探測器，排著隊齊刷刷的從這頭飛到那頭，進行冰下超音波檢測。

雖然每個人都能以御器手法馭使這些探測器飛著掃過一大片區域，同樣也能將神識深入冰下詳細的探查，但哪有一邊走一邊看著沈鳳書那邊沙盤上憑空顯現出來探測到的東西虛影好玩？

何況，神識探測也就姜老頭山老頭和龍見心可以，或許沈鳳書也能做到把神識完全穿透數百丈的冰層，其他人恐怕還真沒有這樣的實力。就算可以，冰下探測消耗也十分巨大，遠不如沈鳳書發給大家的這些東西好玩。

回饋結果會返回到伏羲那邊詳細分析，由伏羲根據聲吶回饋結果描繪出下方物體的大致形狀，再在稱心天地顯現出來讓大家能清楚的看到，即時呈現，讓眾人越來越感覺有趣。

趁著大家的興致，沈鳳書在這片冰川上仔仔細細的探查了一遍，隨後得到了一個沮喪的結論，可能，也許，或者……第五個套娃的屍身並不在這塊。因為探查來探查去，就沒有發現有類似人體型狀或者人體大小差不多的碎片。

難道真的不在這片？沈鳳書陷入了沉思。

就算兩個修士大打出手，整個冰川解凍，套娃屍體也不可能在戰鬥的時間裡就漂出去上千里，如果在，那肯定應該還在這片區域內。

到底是哪裡出了問題？

「老爺，要不然，我們到冰層下面去看看？」小白和小青看著沈鳳書皺眉思索，忍不住主動請纓。

小白小青都是水屬性的，可以控水的，也可以水遁，冰層雖厚，但本質還是水，只是水遁下去會比較費力。

一來冷，二來耗費的靈氣和神識更多，平常在水裡能遁出一百公尺，在冰層裡或許就只能遁出去一公尺，而且凶險更高，一旦靈氣耗盡或者操作沒做好，就有被凍在冰層內的危險。

沈鳳書可不想小白小青在這種小事情上冒險，直接搖頭否定。

「沈郎，不要小白和小青冒險。」不羈公子在旁邊也贊同，「大不了我們費點力重新再找一遍。你說，山都崩了，有沒有可能那些修士大戰的時候，屍骸已經被震成碎片了呢？」

「碎片！」沈鳳書眼睛猛地一亮，有可能啊！

怎麼把當年的事情給忘記了呢？

當年找第二個套娃姜明輝的時候，姜明輝屍體可是整個的化成了一大片苔蘚，連問世軒的陸明成就在不遠的地方檢查了好幾遍都沒發現。

既然姜明輝可以變成碎片，那為什麼第五個套娃不能是同樣操作？

什麼是最高明的隱藏手法？一滴水藏在大海裡就是。那什麼東西藏在冰川裡不會被人一眼看出來？也不容易找到？當然也是冰啊！

修士化身的冰塊，恐怕和真的冰塊還應該有小區別，比如不能輕易漂起來，否則容易挪動位置。不能輕易融化，否則容易混在大量的水裡不夠純粹。

想到這個，沈鳳書臉上立刻露出了笑容。

眾裡尋他千百度，驀然回首，那人卻在燈火闌珊處。

沈鳳書一直想著山川地勢更改了，冰川也融化過，說不定第五個套娃遺蛻會移動位置，所以在千里方圓尋找，可如果那塊冰根本就沒融化過，也沒有移動過呢？

這是犯了經驗主義的錯誤，要改！沈鳳書習慣了用科學的方法推演，但卻忘記了這是一個修行的世界，有些事情，不能以地球上的常識來看待分析。

「我想到了！」沈鳳書哈哈一笑，立刻把所有人的注意力都吸引了過來。

「走！」不找了，沈鳳書大手一揮，帶著眾人直奔套娃記憶中的位置。

幾萬里都找下來了，結果發現東西還在原地，這口氣得有多憋屈？反正沈鳳書心裡挺不爽的，把第五個套娃在肚子裡罵了個狗血噴頭。

有那個雪峰做參考位置，沈鳳書很容易就找到了地勢已經亂七八糟的原本的藏屍地。

不出意料，一大片冰川，這裡好像還是在一個風口上，格外的冷。普通人在這裡恐怕活不了三五天，可沈鳳書一行在這裡活蹦亂跳的。

「這裡？」姜老頭看著沈鳳書停下來臉上各種精彩，忍不住好奇，「沒什麼特別啊！」

一邊說著，姜老頭強悍的神識瘋狂的下探到了冰層中，仔細的探查起來。

不光姜老頭，就連山老頭和龍見心也全都如此，想要看看沈鳳書如此篤定的地方下面到底是怎麼藏的？

可任憑三個大高手怎麼探查，下方也只是一片堅實的冰層，什麼都沒有。倒是更下方的地面那裡集中了不少山峰的碎片，難道是被埋在了更下面？

三人神識繼續下探，的確找到幾處山峰碎片碰撞和倒塌形成的空洞，可裡面當年肯定是被水灌滿了，現在同樣也是一大塊均勻的堅冰，除此之外再無其他。

「是不是搞錯了？」龍見心很開心地問道。

他很樂見沈鳳書弄錯，然後就可以嘲笑沈鳳書了。

「這樣看不出來的。」沈鳳書心中確定了許多，笑著回答道，「把這片的冰都化了再說。」

不用沈鳳書動手，眾女輪流開始融化冰川。

沈鳳書畫了個大圈子，直徑差不多十丈，這個圈子裡的冰，全部要融化。眾女元嬰修為，融化一點點的冰川還是輕而易舉的，一個個上去，平均每個人融化一丈深，然後將那些融化的水全都清理到別的地方，隨後就再換一個人。

沈鳳書一直站在圓圈的中心，盤坐在棋盤上，手三不五時的向下探，保證自己始終能夠接觸到下方的冰塊。

一個圓形的冰坑很快出現，越來越深，只用了一個時辰的時間，就達到了數十丈深。

沈鳳書手指試了試下方的堅冰，並沒有什麼異常，只是感覺稍稍有點冷。這也正常，下方的冰塊比上方溫度更低一點，不奇怪。

「繼續！」沈鳳書衝著輪過來的不羈公子笑道。

這才數十丈深，連一半都沒到，不著急，慢慢來。

圓形的冰坑越來越深，沈鳳書感覺下方的冰也越來越冷。這不是手感的錯覺，而是奈米戰甲給出的精準的溫度，的確是越來越冷了。

這個變冷的趨勢，已經超出了普通冰川的內外溫差。正常就算是這麼厚的冰川，裡外有個十幾二十度的溫差撐死了，但這個冰坑裡，下方的溫度比表面的冰蓋冷了六七十度，這還沒到底，要到底恐怕還要更低。

至此，沈鳳書已經確定，第五個套娃就在這裡沒錯了。現在要做的就是繼續往下，直到找到為止。

聽到沈鳳書的判斷，眾人幹勁越來越十足，大家齊心合力，融化和搬運坑中的堅冰和融化的冰水，不到一個時辰，又往下一百多丈。

根據之前的聲波探測，這部分冰蓋厚度也就三百多丈，下方已經不到一半了。這個深度，內外溫差已經接近一百度，哪怕以眾人的修為，也已經感覺到有些冷。

小白小青和小狐狸精們不得不輪流出去休息回血之後再來，反倒是沈鳳書有太陽真火和玄陰真火護身，加上百萬金丹強悍的靈氣支持，一直待在下面。

姜老頭也下來過一次，感受了一下這刺骨的寒冷之後，忍不住提醒沈鳳書：「小沈，這冰，你可未必能承受的住。」

修行世界的冰，可不一定只是溫度低，就和之前的太陽真火玄陰真火一樣，總有一些玄奧之處，姜老頭都覺得冷，那絕不是一般的寒冰，恐怕還是帶著某種屬性的。

「放心！」沈鳳書伸出兩隻手，一隻手上燃燒著太陽真火，一隻手上燃燒著玄陰真火，「到時候就看誰的後勁足，畢竟只是個死人而已。」

姜老頭放心了。沈鳳書說的沒錯，套娃的冰再厲害，也不過就是一個死人而已，靈氣支撐有限，而沈鳳書背靠稱心天地，那不是一般的底氣足。

冰坑有條不紊的越來越深，周遭的溫度也越來越冷，眾女在下面堅持的時間也越來越短。好在人多，總能輪的過來。

沈鳳書本來還打算出點力，結果被眾女一致否決，不羈公子直接讓他養精蓄銳，準備最後的「決戰」。

終於，在深入到某個深度之後，沈鳳書的手指觸摸到下方的冰面，忽然間，平靜的冰面就發生了劇變。

「出去！」沈鳳書大喝一聲，讓眾女趕緊離開。

眾女毫不遲疑，全都齊刷刷快速升空，生怕影響到自家老爺收取套娃金丹舍利的大計。

等到眾女升到了冰川頂部，低頭往下看的時候，已經看不到沈鳳書的身影。冰坑的底部，突兀的多了一個碩大的冰球。就這麼一會的工夫，沈鳳書彷彿已經被一個透明清澈的巨大冰球硬生生給凍結在其中。

在外面的姜老頭山老頭和龍見心看的分明，沈鳳書的手指戳破了那一線薄冰之後，下方那一片看起來和周圍正常的冰川沒什麼區別的清澈透明的冰塊，就忽然間如同活過來一般，固體瞬間變成了液體，整個將沈鳳書包裹。

包裹的速度飛快，只一剎那就將沈鳳書「吞噬」，然後又重新變成了清澈的堅冰，形成了一顆巨大的冰球。

這還不算完，周圍的冰川好像被無形的引力瘋狂吸引，整個碎裂然後吸附過來。

眾女才剛剛看到那個冰球，十幾個呼吸之後，融化了好幾個時辰的冰坑就已經消失不見，自家老爺的身影再也看不到。

「我就知道！」姜老頭看著眼前這動靜一陣嘟囔。

大家都知道這個套娃的金丹舍利肯定有些獨特的本事，但沒料到竟然這麼厲害。不過誰也沒有驚慌失措，大家只是在原地靜靜的等著，等著沈鳳書破冰而出的那一刻。

還是那句話，強大的實力決定了沈鳳書最多只是耗費點時間，不會有性命之憂。

沈鳳書自己一直都是從容不迫，平靜的看著冰球將自己凍結。兩種真火加上磅礡的靈氣護住了自身，隨後開始毫不客氣的烘烤接近皮膚的那層異乎尋常的寒冰。

有著近乎無限續航的真火，緩緩的將寒冰融化。每融化一點點，沈鳳書都能察覺到有一點點的金丹舍利粉末進入到自己的體內。

這感覺很熟悉，和前幾次沒什麼本質區別，無非就是前幾次是一次性的快速進入，而這次是一點一點的緩緩進入而已。

隨著金丹舍利進入體內的，還有一絲沁人心脾的清涼，不是寒冷而是讓人十分舒適的清涼。在冰川深處本該是刺骨的冰寒，現在卻是如此的「溫暖清爽」。

只這個感覺，沈鳳書就知道，第五個套娃絕對是沒跑了。

也就是此刻的沈鳳書，換成第四個套娃賈珍，沈鳳書都懷疑那傢伙能不能承受住這種寒冷，體內靈氣能不能支撐到金丹舍利入體。

每融化一點，沈鳳書就多吸收一點，沈鳳書甚至都懶得計算時間，這清清涼涼的感覺一直持續著。

也不知道過了多長時間，清涼入體的那種舒適忽地消失，沈鳳書只感覺一陣「乾冷」，卻是那些特殊的冰塊已經全部融化，盡數進入了沈鳳書的體內。

身體內部這個時候才開始真正的金丹舍利融合，而這次，沈鳳書並沒有感覺到肉身被如何的加強，反倒是識海之中，多了一種對沈鳳書來說十分舒服的涼意，但用溫度計測量，卻是接近絕對零度的冰寒。

沈鳳書的面前，不知道什麼時候，出現了一顆熟悉的白色骷髏頭，小巧的可愛。

——待續

國家圖書館出版品預行編目(CIP)資料

仙道方程式 / 任怨作. -- 初版.
-- 臺中市 : 飛燕文創事業有限公司, 2021.06-

冊；公分

ISBN 978-626-348-012-4(第21冊 : 平裝).--
ISBN 978-626-348-013-1(第22冊 : 平裝).--
ISBN 978-626-348-014-8(第23冊 : 平裝).--
ISBN 978-626-348-193-0(第24冊 : 平裝).--
ISBN 978-626-348-194-7(第25冊 : 平裝).--
ISBN 978-626-348-220-3(第26冊 : 平裝).--
ISBN 978-626-348-221-0(第27冊 : 平裝).--
ISBN 978-626-348-317-0(第28冊 : 平裝).--
ISBN 978-626-348-318-7(第29冊 : 平裝).--
ISBN 978-626-348-441-2(第30冊 : 平裝).--
ISBN 978-626-348-442-9(第31冊 : 平裝).--
ISBN 978-626-348-443-6(第32冊 : 平裝).--
ISBN 978-626-348-569-3(第33冊 : 平裝).--
ISBN 978-626-348-570-9(第34冊 : 平裝).--
ISBN 978-626-348-571-6(第35冊 : 平裝).--
ISBN 978-626-348-680-5(第36冊 : 平裝).--
ISBN 978-626-348-681-2(第37冊 : 平裝).--
ISBN 978-626-348-682-9(第38冊 : 平裝).--
ISBN 978-626-348-838-0(第39冊 : 平裝).--
ISBN 978-626-348-839-7(第40冊 : 平裝).--
ISBN 978-626-348-950-9(第41冊 : 平裝).--
ISBN 978-626-348-951-6(第42冊 : 平裝)

857.7　　110008075

仙道方程式 NO.42

出版日期：2024年10月初版
建議售價：新台幣190元
ISBN 978-626-348-951-6

作　　者：任怨
發 行 人：曾國誠
文字編輯：小玖
美術編輯：大明、豆子
製作/出版：飛燕文創事業有限公司
公司地址：台中市南區樹義路65號
聯絡電話：04-22638366
傳真電話：04-22629041
印 刷 所：燕京印刷廠有限公司
聯絡電話：04-22617293

各區經銷商

華中書報社　電話 02-23015389
旭昇圖書有限公司　電話 02-22451480
智豐圖書股份有限公司　電話 05-2333852
威信圖書有限公司　電話 07-3730079

網路連鎖書店

金石堂網路書店 電話：02-23649989
網址：http://www.kingstone.com.tw/
博客來網路書店 電話：02-26535588
網址：http://www.books.com.tw/

若您要購買書籍將金額郵政劃撥至22815249，戶名：曾國誠，
並將您的收據寫上購買內容傳真到04-22629041

若要購買本公司出版之其他書籍，可洽本公司各區經銷商，
或洽本公司發行部：04-22638366#11，或至各小說出租店、漫畫便利屋、各大書局、金石堂網路書店、博客來網路書店訂購。
▶如有缺頁、破損，請寄回更換！

Fei-Yan 飛燕文創